U0875980

大鱼

有爱的青春陪伴者

—— 你是生活里唯一的甜。

—— 欢迎你，终于来到我的世界。

亲我时
万籁俱寂
知稔 / 著
花山文艺出版社

图书在版编目（CIP）数据

亲我时万籁俱寂 / 知稔著. -- 石家庄 : 花山文艺出版社, 2021.4
ISBN 978-7-5511-5567-0

Ⅰ. ①亲… Ⅱ. ①知… Ⅲ. ①长篇小说－中国－当代 Ⅳ. ①I247.5

中国版本图书馆CIP数据核字(2021)第037938号

书　　名：亲我时万籁俱寂
著　　者：知稔

策划统筹：张采鑫
特约编辑：周丽萍
责任编辑：卢水淹
责任校对：董　舸
美术编辑：胡彤亮
封面设计：孙欣瑞
内文设计：孙欣瑞
封面绘制：加盐鱼头
出版发行：花山文艺出版社（邮政编码：050061）
（河北省石家庄市友谊北大街330号）
销售热线：0311-88643221/29/35/26
传　　真：0311-88643225
印　　刷：长沙鸿发印务实业有限公司
经　　销：新华书店
开　　本：880×1230　1/32
印　　张：9
字　　数：200千字
版　　次：2021年4月第1版
2021年4月第1次印刷
书　　号：ISBN 978-7-5511-5567-0
定　　价：39.80元

# 序

## 因她，国外的云朵也柔和绵软

现在当地是凌晨四点半，北京时间下午五点半。

天色渐明，我起身拉开窗帘，天空已泛起鱼肚白。今天也会是个好天气啊。

我顺手给自己倒了杯酒，坐回电脑前。桌面是一个打开的空白文档，我对着它一夜了。

我忍不住点开了她的聊天框，装作无意地给她一声问候。她此刻在老家，而我在大洋彼岸。

两地分隔的恋爱是痛苦的。我很快便收到了她的回复，问我怎么还不睡觉，却又忍不住和我分享她准备去吃的晚餐，我甚至已经能够描绘出她此刻的神情。我们两地分隔的恋爱是甜蜜的。

切回空白的文档，我敲下第一个字。

在这篇序里，就来说说我眼中的她吧。

她是个很可爱的人，爱笑，也爱撒娇，声音很好听。在各个时期都有异性向她示好，甚至我们在一起后，我就站在她的身边，她还能被人搭讪问联系方式。她天生有让人亲近喜欢的魔力，就连去参加个校外活动，也能让人追来学校。现在回想起来，我在为她斩断桃花这件事上，真的是劳心劳力。

而我其实是个很无趣的人，凡事都喜欢推理求证，不管是数学还是其他，一层层解开谜题的过程让我觉得身心愉悦。

所以喜欢她这件事，曾经让我十分困扰。无论我如何演练计算，如何假设推论，都无法给这份心情一个符合逻辑的答案。

为什么想到她比解开数学难题更令我身心愉悦呢？

后来见到她才发现，感情这种东西，大概不需要逻辑。喜欢一个人这份心情哪有什么逻辑可言。于是，我陷入爱河，开始漫长的暗恋之旅。

她太难追了，比任何难题都难。我用过几乎所有无聊又幼稚的手段，比如故意巧遇，给她讲题，给她亲戚讲题，运动会让她拿衣服，给她送糖，甚至让人告诉我她每天干了什么、穿了什么颜色的衣服。毫不夸张地说，关于爱情，我的所有心酸、嫉妒和心动，都在她一个人身上。

告白是发生在我出国的前一天。

我站在她家楼下，让她下楼，给自己漫长的暗恋之旅画上一个圆满的句号。

庆幸的是，我开启了新的篇章——与她相恋。

在异国他乡的第一年真的糟透了。

我想，我做得最对的一件事，就是在走之前与她确定关系。

可以看着她像小动物一样忙忙碌碌又冒冒失失过着每天，享受她偶尔的任性和小脾气，听着她说一切琐事。

然后发现，国外的云朵也是柔和绵软的呀。

天彻底亮了，我喝完了手边的酒，她在说她养的猫今天也吃了我买的罐头。我忍不住问她，我是不是真的有那么好、那么迷人？

她反问，你觉得呢？

我说，有过之无不及。

以前从来不敢想，我这么无趣的人居然会有这么可爱的女朋友。

在接受自己普通又平庸的过程中，她总让我知道，自己是多么优秀。

她总说我是她的生命之光，她又何尝不是呢？

Yul

2020 年 5 月 28 日
下着雨的清晨 6:30

# 目录



Qinwoshi Wanlaijuji

# 目录



Qinwoshi Wanlaijuji

# 楔子

亲我的时候万籁俱寂，只有你眼睛最亮



今天突然来了一场雨，将旧金山的早晚温差拉得更大。

许稚裹着薄薄的毛衣外套，站在酒吧门口冻得直发抖。

等了五分钟，胡淡淡从酒吧里走了出来，拉着她就往里面走：“你怎么才来呀？我和你说，今天要不是因为沈嘉鱼是主办方，我们根本混不进来。”

许稚吸了吸鼻子，刚刚被冻得好像要感冒了，眼角和鼻尖都有些涩涩的。她没细听，就被拖到了座位上。

酒吧里搭了个小型舞台，她进来的时候，里面已经密密麻麻坐满了人，其中女生居然占了 90% 以上。

她们一个个妆容精致盛装出席，就连胡淡淡的睫毛似乎都刷得要比平时卷翘。

许稚没看明白：“中国学生学者联谊会的‘北美非诚勿扰’是专门为女生办的吗？”

胡淡淡凑过来故作神秘：“你等等就知道了。”

男主持在舞台上笑着问："今天来的人真不少，大家都是为了谁来的？"

台下女生大声齐呼一个名字："Yul！"

男主持捂着胸口，装出受伤的模样："居然都是为了Yul，太伤心了。"

女主持在一旁笑着调侃："看来今晚的男嘉宾压力山大了。"

许稚被这阵势吓得微微愣住，旁边的胡淡淡笑着用胳膊捣了她一下："这下你知道了吧。"

她轻轻点头，扫了一圈站在台上的男嘉宾，想看到底是哪个人有这么大的魅力。

"哪个是Yul？"

胡淡淡叹了口气，靠在座椅上："Yul怎么可能做嘉宾，他能露脸就不错了。"

许稚眨了下眼睛心想，这尊大佛还真是大牌。

舞台上乱糟糟地在乱点鸳鸯谱，外貌、学历、财富、家世都放在明面上赤裸裸地讨论着。

活动已经进行到尾声，那个叫Yul的人还没出现，胡淡淡有气无力地有一搭没一搭地和许稚聊天。

突然，耳边传来声嘶力竭的尖叫声。

舞台两侧的屏幕上，镜头被刻意地定格。

胡淡淡激动地拉着许稚的胳膊："Yul！是Yul！"

那个叫作Yul的男生穿着黑色的连帽衫，半靠在后门口的墙边正低着头和朋友说话，似乎注意到了什么，微微侧头看了一眼镜头。

这人黑发黑眸，眼神懒散且冷漠，只是一个侧脸都能感受到他周身的冷清和冷淡疏离的气质。

瞬间，尖叫声更大了些，怕是要掀翻这间酒吧。

许稚脑袋一片空白，气有些喘不上来，心扑通扑通地跳。

她握住胡淡淡的手："你说他是谁？"

"Yul。"

"我说的是他的中文名。"

"孟约。就是那个从来都是第一的学神之神孟约。"

许稚愣在那儿，脑子里都是"孟约"这两个字。

下一秒，孟约转身，从后门走了出去。许稚站起来跟着他的方向也往外跑。

胡淡淡在身后叫她："你去哪里呀？"

深夜十一点过十分。

西岸的雨下得更大了些，滴答滴答砸在地上溅起水花。

许稚刚出来就打了个喷嚏，捂着鼻子一抬头就看到一个身影。

虽然只有一个侧影。

但许稚肯定，那是孟约。

他倚在墙边，侧身对着她，正在打电话。

许稚呼吸放轻了些，睁大眼睛静悄悄地看着他。

他头发似乎短了些，脸庞似乎也比高中那会儿更瘦了些，黑色卫衣外头露出一截白净的脖颈，袖口被他随意挽起。街角昏黄的路灯照着，好像让他锋利的下颌线都变得更柔了些，连带着许稚的心也软塌塌的。

身后的门突然被打开，一群人哄闹着挤了出来，他们没看见许稚，不知道谁不注意推了她一下。

她就这么被推得撞上了孟约，她脚下踉跄下意识地抓住他的衣服，抬头看他，慌张间轻声叫出他的名字：“孟约……”

孟约眉头一皱，低头看许稚，他眼神是习惯性的冷漠，四目相对时，她心跳了下。

她呼吸更轻了些，意识到自己做了什么，连忙往后退了一步：“对不起。”

她松开他的衣角，转身就要逃跑。

刚刚出来的那群男男女女不知喝了多少，身体纠缠在一起，缠绵地亲吻。

而他们很像是一起在偷情的小情侣，那群人露出挑衅又暧昧的眼神，做出更下流的动作。

孟约皱眉将手机放进口袋，一只手拉住许稚，另一只手捂住她的眼睛。

许稚被迫地靠在墙上，心跳得很快。

他靠得很近，身上带着微咸的薄荷香气，掌心灼热的温度隔着薄薄的衣服烫着她的心。

许稚手指攥在一起，控制着不断颤抖的睫毛。他温热的鼻息与她交融，仿佛只要再靠近一毫米就能亲到他。

许稚舔了下唇，屏住呼吸，突然被吸引得想试一试。

他逼近了一步，将她彻底藏进他怀里：“别动。”他声音又低又哑，下一秒松开手，“走了。”

许稚猛地睁开眼，脸颊微红，手腕还在他掌心，不知道剧烈跳动的脉搏有没有泄露她刚刚的小心思。

孟约靠在墙上从口袋里摸出一包烟，抽了支捏在手里，点烟的时候侧头看向她。

火光微闪，忽明忽暗，她听见他的声音：“许稚。”

他说话的声音很特别，严肃认真，带着一本正经的冷清。

许稚的指尖好像被冰块冰了下，呆呆地看着他。潮湿空气中起了一层白雾，他被烟雾环绕，好像变得也不真实起来。

朦朦胧胧间，许稚突然想起，刚刚那一幕有些熟悉。

那也是暴雨如注的夏夜，她为了躲避穷追不舍的告白，逃进对面的男卫生间里，一转身就看见满身酒气脸色潮红的孟约。

她才想起他们高考结束后的聚会也在这里，还没来得及解释，眼睛就被他捂住。

她脑子一片空白，被他身上的酒气蒸得晕乎乎的，没听清他的声音，下一秒就被他捏着下巴亲了下来。

她无法反抗，手被他从后面箍住，摁在墙上，整个世界都黑了下来，只有灼热的呼吸柔软又霸道的侵占。

直到那一刻许稚才知道原来那么高冷又骄傲的孟约，亲人的方式竟然是这么强势。

那时他身上就有这种让人沉迷的薄荷香气，像飓风一样，席卷了她整颗心。

“许稚，听说你是为爱来到 UCB（加州大学伯克利分校）的啊？”

活动后的庆功宴上，许稚突然被提问。

包厢里灯光昏暗，许稚握着水杯，一抬头就和孟约的视线撞上。

他懒洋洋地坐在沙发上，偶尔低头看一眼手机，周身安静清冷得好像周围发生的一切都与他无关。

坐在许稚旁边的胡淡淡大嘴巴：“那可不，咱许稚可是为爱走钢索，放弃 T 大的保研，不顾家里反对，义无反顾地来到这里啊。”

“天哪，这么痴情？许稚，你找到他没？”说话的男生真的酸了，也不知道那个被许稚暗恋的人上辈子积了多少福，居然让一个大美女爱得死心塌地又无怨无悔，“伯克利也不大，你要是找不到他，一定就是他在躲着你，不行的话你考虑考虑……”

男生的话还没说完，就被沈嘉鱼用水果堵住了嘴。男生不满，转头想再说些什么，就撞上了沈嘉鱼旁边孟约的目光。

那目光极冷，生生让他打了个寒噤。

突然，有个不现实的想法在他脑子里汇聚。

“他不在 UCB 了。”许稚低着头轻轻地说。

不在 UCB 了？在座的不就有一个人，原来在 UCB，这学期突然跑去 CMU（卡内基梅隆大学）做项目。

“我的天！许稚，你暗恋的是孟约啊？”那男生惊呼。

包厢里突然万籁俱寂，所有人的目光在孟约和许稚间来回辗转。

这么个大美女都求爱失败，孟神果然是个心里只有代码的冷漠男人。

也不知道谁开了气氛灯，七彩的光圈在孟约的脸上轮流闪过，最后她只看见那双亮得过分的眼睛。

许稚忽然想起当初也有个人这么问过她类似的问题。

“你到底喜欢孟约什么啊？”

许稚想了很久：“我也不知道，可能是一见钟情吧。”

# 第一章

## 薄荷糖是一场小型飓风 //



（1）

许稚第一次见孟约，是在高一的寒假。

她期末考英语成绩差得不忍直视，被身为大学英语系教授的母亲念叨了一个晚上，第二天就把她扔进了新东方的加强班进行强化。

教室里暖气开得很足，窗户外，不知何时飘起了雨夹雪。

昏昏沉沉终于熬到了下课，她和容茸站在电梯口百无聊赖地等待。

容茸拿着手机正在八卦："贴吧里正在评选校花校草呢。"

许稚看了眼外面的坏天气，觉得自己头晕晕的，好似要感冒，对这个话题不太感兴趣。

"我们班的顾一翊排校草第五名呢。"容茸突然想起什么，"我觉得顾一翊喜欢你，你看你来这上课，他也跟过来。你怎么想的呀？"

许稚耷拉着眼角没说话。

容茸轻轻叹气："也是，毕竟你是校花评选第一名，和第五名在一起确实不配。"

许稚睁大眼睛：“什么？”

她感觉喉咙有点疼，说话也带了点鼻音：“什么第一？”

“就是校花评选啊，你的票数比第二名高了一半呢。”

话音刚落，电梯的提示音突然响起，许稚下意识地抬头，正好和里面的人目光撞在了一起。

那人穿着黑色的羽绒服，黑色的发丝微湿，粘在耳后。他刚从雨雪中走来，在暖气里好像带着柔光。

他目光落在许稚身上，就一秒，收了回去。

错身而过的时候，许稚忍不住回头看。

“哇，孟约。”容茸小声尖叫，语气里藏不住的爱慕向往，“没想到补课都能遇到孟约，也太幸运了吧。我要发朋友圈发微博，让她们羡慕死我。”

许稚看着脚尖，装作不经意地问：“你认识他？”

容茸惊讶：“不是吧，许稚！那是孟约啊，我们长荣最有名的帅哥之一，你不知道吗？”

容茸看到许稚顿了三秒，发现她竟然是真的不知道，刚想要普及孟约大神的事迹，就听见她问：“他校草排名第几呀？”

“当之无愧的第一。”

许稚咬着有些干的下嘴唇，晕晕沉沉的脑袋终于有了点精神。

第一和第一，这不就很配了嘛。

电梯门打开，冬日冷飕飕的风夹着雨和雪一股脑儿地灌了进来。

许稚看着落在指尖的那片六角形的雪花，感觉有什么东西在心底突然开始萌芽。

从那天起，许稚开始了“暗恋”。

（2）

决定暗恋的第二天，许稚起了个大早，她给容茸发微信。

【许稚：我觉得今天天气不错，不如我们早两小时去补课怎么样？】

容茸看着窗外浓浓的雾霾。

她虽然觉得莫名其妙，但作为一个好闺蜜，她还是无条件地答应了。

早上八点，她们俩坐在新东方楼下的早餐店，许稚一边吃小馄饨，一边有意无意打听孟约的事。

“你说孟约有喜欢的人吗？”

“没有吧。孟约这种长荣男神要是有喜欢的人的话，不早就被扒出来了？”

她点了下头没再说话，但孟约的话题一旦被挑起，就停不下来。

容茸还在那边花痴着孟约有多帅，许稚却咬着小馄饨看着外面淅淅沥沥的小雨，突然想起来那天的一个小细节。

那天雨夹雪，孟约没撑伞，黑色的睫毛上粘了一片雪花，他眨眼时雪水掉进黑色的眼眸里。本就清冷的双眸被雪水洗刷得更加透亮，他不适应地眯了下眼睛，好像在一本正经地卖萌。

记忆里他好像是内双，眼神很冷漠，气质更冷清。容茸说他就像掉进盘丝洞的唐僧，冰冰凉凉，又干净透明。

许稚笑了下，想起错身而过时，他身上好像有冰雪初融的薄荷草香气。

“孟约！许稚，快跟上。”容茸惊喜地大叫。

许稚和容茸撑着伞鬼鬼祟祟地跟在孟约身后。

他也不知道怎么搞的，又不撑伞，穿着一件黑色羽绒服，就这么让自己在雨里淋着。

黑色的发丝被雨水浸着好像滴了墨，雨滴顺着他肌肤线条，滑过下巴，跌进脖子和锁骨，最后没进衣服里。

他似乎全然不知这样的美色对外人来说有多大的杀伤力。

许稚微微皱起了眉头，扫了眼旁边的容茸：“茸茸，一会儿下课后，我请你打车回家。”

容茸还没反应过来，就看见许稚将她们俩仅有的一把伞塞到孟约手里。

她跑得很快，低着头也不敢看他，伞塞过去，也不管对方要不要就逃了。

容茸目瞪口呆地看着许稚跑回来，拉着她的手，往反方向跑，嘴里还念叨着：“快跑，快跑。”

两个人跑了两条街，才停了下来。

她们站在屋檐下，雨比刚刚下得更大了，容茸觉得许稚很不正常。

许稚头发半湿，水珠还挂在发尾。

她眯着眼在笑，刚刚给孟约伞的时候，指尖不小心碰到了他的指腹，像是触电一样，心都颤了下。他指尖仿佛带着冰，比她的还冷。

“许稚。”

“嗯？”许稚侧头看向容茸，水滴跌进水塘的时候，她决定告诉容茸自己的小秘密，“你说如果我喜欢孟约的话，机会有多大呀？”

“……”

她们又回到了那家早餐店。

容茸坐得笔直，认真严肃地看着许稚：“你知不知道喜欢孟约的女生多到要排队呀？”

许稚点头：“但……喜欢我的人也很多呀。”她说话时鼻音更重了些，原本的感冒因为淋了雨变得严重。

容茸叹了口气，有种女大不中留的感觉：“你有什么计划呀？孟约可是高二的学长，在学校里，我们可是有三层楼的距离，而且贴吧里说，孟约超级冷漠无情的，我觉得他就是个冰块。”

许稚盯着屋外的雨心不在焉地在想，他现在有伞了，应该就不会再淋雨了吧。

“你怎么能这么说你喜欢的人？”

半小时前还在花痴孟约的容茸气绝：“孟约勉强就算我一个‘墙头’。”

“那你还真是个花心的女人。”

“……”

孟约走进教室。

坐在他隔壁的沈嘉鱼，盯着他手里的伞看：“孟约，你这么少女心？”

孟约看了一眼那把嫩粉色的伞，漫不经心地“嗯”了一声。

他座位在窗边，雨顺着风打在玻璃上，他看着窗外，黑眸深邃。

少女跑过来时发丝贴在脸颊上，低垂着头，耳尖微红，下一秒就转身跑走。

一闪而过的，也是嫩粉色的脸。

（3）

十点过十分，这节是口语课。

这个来自英格兰的外教，正表情异常丰富地用标准的伦敦音朗读难懂的句子。

许稚撑着下巴还陷入在孟约的情绪里，她刚刚在贴吧上搜了下，才知道他有多受欢迎。

她存了张孟约被偷拍的照片。那时还是春天，他穿着长荣的蓝白色校服，站在学校后的樱花树下，一阵风吹来，浅粉色的花瓣唰唰落下，正好拍到少年好看的侧脸。

他皮肤白，个子很高，身形带着少年特有的单薄。他白色球鞋旁是绿色微黄的落叶和粉色的花瓣，有些怅然若失，又有点点到为止的甜味。

许稚的心像棉花糖又软又轻，她盯着他校服外露出的那截白净的脖子，怎么办，好帅呀。

“许稚？”

“……”

“许稚！”容茸拍了下她的肩膀，“下课了。”

许稚转过头，眯着眼冲着她笑，眼睛特别亮，一副春意盎然的模样。

容茸抖了抖：“求求你收起你这副花痴的表情，不要让那群爱慕你的男生破灭好吗？”

“可是我真的好喜欢孟约哦。”

容茸拉着她起来："行了，去过卫生间再喜欢。"

卫生间在这栋楼的另一边，要去的话，不可避免要路过孟约的教室。

许稚管不住眼睛，往他教室里瞟，瞟了一圈都没见到孟约的影子，刚把目光转过来，就看见他站在走廊的拐角处。

室内温度高，他将黑色的羽绒服脱了，穿了件灰色的连帽卫衣，袖子微微挽起，露出白净的手臂。

他略微低着头在听旁边的人说话。

许稚离他有些远，只能看到一个模糊的侧脸，觉得他下颌线极其好看。

顾一翊不知道从哪里蹦了出来："许稚！"说话间，拉了下许稚微微扎起的马尾。

许稚皱了下眉，被一吓，开始止不住地咳嗽。

"许稚，你感冒了啊？"顾一翊的声音像鸭子一样吵。

她转身想瞪顾一翊一眼，刚转到一半，被对面跑过来的人撞了下，下意识地往后退了两步，右脚跟踩到了一个人。

"许稚！"顾一翊还在大声叫她。

许稚没理他，仰着头往后看去，发尾不小心扫到嘴角，而面前的这张脸正属于她朝思暮想的人。

孟约是怎么突然就站在她身后的?

许稚来不及细想，因为忽然她心跳得很快。

本来闹哄哄的走廊突然变得静悄悄的，许稚那双眼睛长得最好看，里面像有星星一样，而此刻正一眨不眨地盯着他看。

她突然在想，他会不会认出自己来，毕竟距离送伞只隔了两个多小时。

许稚追着他的目光，心跳扑通扑通，又大声又激烈，如果里面是头小鹿，那此刻它奔跑的速度一定超过一百迈。

孟约只低头看了眼鞋子，那是双白色的球鞋，很新，鞋面现在有了个黑色的印子，很醒目。

许稚小心翼翼地想说些什么，刚张口就对着孟约打了个很大的喷嚏。

她捂着鼻子，脸红了，耳尖红了，眼尾也红了。

他静了两秒，看都没看她一眼，仿佛什么都没发生一样，绕开她，走了。

跟在他后面的沈嘉鱼回头看了眼许稚，眼睛发亮："刚刚踩你的是许稚。你知道许稚吗？长荣新校花啊。"

好像只过了一秒又好像很久，她听见了孟约极为冷淡的声音："不认识。"

他的话像杀人于无形的冰刀，插在了她的心口。

许稚愣在原地，脸上的粉红褪去，呆呆傻傻的，全身的力气都像被抽了出去。

容茸轻轻拉了下她："上课了。"

许稚有气无力："哦。"

容茸不忍心，又说："孟约就这样，超级高冷的，许稚，你不要太伤心啊。"

许稚吸了吸鼻子，喜欢的人太高冷，怎么办？

但她好像又更喜欢了，他冷冷的目光扫过来时，她居然不是害怕，而是很想用自己的温暖融化他。

想到这里，她更加沮丧——许稚你完了，你彻底喜欢上孟约了。

你真的好欠虐哦。

沈嘉鱼跟在孟约屁股后面不敢相信："你真的不认识许稚？"

课桌上还放着那把粉色的伞，孟约忽然想起少女打喷嚏的模样，下一秒皱眉拿起伞快步走出教室。

沈嘉鱼看着他的背影："上课了，你去哪里？"

许稚的教室左边有个很不起眼的拐角，不注意的话，压根看不见。

上课铃已经打了，但她突然被顾一翊堵到这儿来了。

"许稚，我从开学第一天看到你就喜欢你，一直喜欢到了现在……"少年的声音不大但热烈又真诚，后门的学生好像听到声音，伸着头在往外看。

许稚刚刚被打击，正站在那儿垂头丧气，突然来了这一遭，她有些反应不过来。

孟约拿着伞走近了两步。

许稚穿着白色的毛衣站在阴影里。她的脸很小，长得用沈嘉鱼的话来说就是男生们最爱的那款，又纯又嫩。此刻她仰着头微皱着眉，没说话。她黑色柔软的发丝乖顺地散在脑后，看上去比实际年纪还要小几岁。

刚刚沈嘉鱼用万分质疑的语气怀疑他居然不认识许稚。

许稚。

他黑眸微闪，原来她就是那个让他后座的两个男生讨论了一个学期的人。

“抱歉，现在以学业为重。”少女的声音偏软，带着清冷的甜。

许稚说完就想走。

顾一翊挡在她面前，语气变得恶劣起来：“你别骗我。你是不是喜欢那个孟约？”

许稚一愣，而后蹙眉不想再理他。

顾一翊不依不饶要拉住她：“许稚，我是不会放弃的！”

“随便你。”许稚甩开他，一抬头就看见站在那儿不知多久的孟约。

她忽然手足无措地呆在原地，嫩生生的脸又有泛红的迹象。

孟约一只手插着兜，另一只手拿着伞走过来，将伞放到她手里。

他果然认出她来了。

许稚急急叫住了他：“喂。”

孟约脚下一顿。许稚绕到他眼前，背脊挺得笔直，仰头看着他。

她说：“我叫许稚。”

他没说话，垂眸看向她。

因为之前那一幕气氛变得有些古怪。

许稚继续说：“你叫什么？”

走廊里突然传来奇怪的响声，许稚下意识眨了一下眼。她看见孟约蓦地勾了下唇，他黑眸深邃，目光清冷，眼神里好像藏了东西，嘴角的笑意未达眼底，却硬生生生出些冷意。

许稚吞了下口水，忍住想要后退的冲动。

然后听见他的声音。

“孟约。”

窗外梨树枝丫上堆着积雪，清清冷冷带着无边的寒意，可又轻又白，散着无限的春意。

就像是孟约的声音。

“然后呢？”容茸看着许稚拿回来的那把伞，“你说什么了？”

许稚一边做阅读理解，一边答：“我当然说不认识啊。”

“啊？”容茸一副你疯了的表情，“我说许稚有仇必报是没错，但是你是不是忘了你喜欢他啊？”

“嗯？”

“你这样，孟约怎么可能还和你在一起啊？”

许稚放下手里的笔跟她分析：“我觉得喜欢孟约的女生太多了，我必须得不走寻常路。我说不认识他，这肯定能让他印象深刻。你想啊，孟约这种又高冷又傲娇的学霸男神，一定觉得我这种女孩很有意思，说不定就记住我了呢。”

容茸无语：“醒醒吧孩子，谁放着这乖顺可口的小白花不要，非来啃难啃的狗尾巴草啊？”

许稚不赞同地拱了拱鼻子。

当时她说完“不认识”三个字后，紧张地抿了下唇，胸口在小幅度地起伏着。

孟约那双冰冰凉凉的眼睛只轻轻扫了她一眼，错身而过的时候，她感受到了他温热的体温。

她忽然想到，孟约上的是托福班，按照他的成绩肯定是奔着国外名校去的。

她必须在有限的时间里，珍惜每分每秒。

只是，这支高岭之花到底该怎么摘下呢？

（4）

2 月 23 号，长荣寒假后开学的第一天。

下了半个月的雨，在这天雨过天晴，但空气里还都是水汽。

许稚扯着容茸在校门口蹲点了一个小时都没看见孟约的影子。

她趴在窗框上，琢磨着怎么找个合理的借口跑去高二。

容茸在她旁边叽叽喳喳地劝："不如你就喜欢沈嘉鱼，虽然人看起来痞了点，但我感觉他比孟约要帅。"

许稚不同意："喜欢人怎么能三心二意呢？"又说，"孟约天下第一帅，好吗？"

走廊里突然有个女声在叫孟约的名字。

她侧头看过去，三四个男生走在孟约前面，小声说话大声笑，他没说话，也看不清他的表情。只觉得清晨的雾气萦绕在他周身，模模糊糊已经足够气质逼人。

长荣在校服上管得很严，蓝白相间的校服穿在他身上好像量身定制一样，好看得让人移不开眼。

坐在许稚后面的男生看向那群浩浩荡荡的人："高二的来高一干吗？"

说话间他们停在高一（2）班门口，里面一个柔美可爱的女生跑了出来，娇俏脸红地站在他们面前，说说笑笑好不开心。

是沈嘉鱼最近认识的一个妹子，这女生长得好看成绩又好。

容茸在许稚耳边小声说："喂，看到二班班花了吧？"

许稚皱眉问："谁？"

"桑柔。"

许稚脸色古怪："你不是说我是校花第一吗？"

容茸点头肯定："对啊。"

"那他们放着我不认识去认识第二干吗？"

容茸："……"

许稚看着那小班花总用余光缠缠绕绕地看向孟约，虽然孟约靠在那儿看起来目中无人高冷又不可一世的，看都不看她。

但许稚心里还是觉得大事不好。

不行不行，她得快点拿出作战计划来，不然孟约就被二班那个叫桑柔的小班花吸引去了。

"桑柔成绩蛮好的。你说他们学霸之间是不是有什么惺惺相惜的东西，所以弃一选二？"容茸想了半天终于找到了个合理的解释，她说完，看到许稚脸色更差。

"是吗，我一班她二班，明摆着我成绩好。"

"她英语比你高 100 分。"

"啊？"

"145 分。"容茸残忍地揭开真相，"你 45 分。"

"……"

下午的时候，许稚终于得到一个光明正大地去高二的机会。

因为她被新来的英语老师请去谈心了。

上学期的英语老师回家生孩子，这学期学校临时让高二的英语老师来代他们班的课。

他办公室正好在高二（1）班隔壁，许稚忧喜交加，她站在那儿垂着脑袋听着这位余老师训话。

“我看了你各科成绩，数学你考 145 分，英语你考 45 分，你是对英语有什么意见吗？”

许稚咬着唇：“英语太难了。”

“别的就不难了？”老余看见小姑娘惨白的脸，语气柔和了些，“这学期开始，我带你们班英语，找你来就是想让你把英语成绩提上去。英语这门课可是文理分科都避不过去的。”

许稚左耳听右耳出，思绪被隔壁两个老师的对话吸引了去。

“王老师，孟约这次拿了国一保送签了没？”

被点名的王琴叹了口气摇头：“没有。”

这两个字一说，老余的注意力也被勾了过去：“唉，菁华大学都不签，也不知道他怎么想的。”

王琴：“我看他最近在申请国外的学校，我就是怕他万一出现意外，毕竟早签早安心。”

“算了，就算有什么意外，孟约这成绩到时候参加高考也没问题。”另一个老师宽慰了一句。

老余回头一看许稚还乖巧地站在那儿：“你先回去吧，好好想想我和你说的话。”

许稚点了下头就跑了出去，经过高二（1）班门口的时候，她刻意放慢脚步，然后得偿所愿地看到了孟约。

他单手撑着下巴，另一只手正在转笔，指尖灵活，突然被前桌的人撞了下，笔掉在了地上，他弯腰捡起的瞬间突然转头望了过来。

她的目光被他捉住，两人的视线不知怎的就缠绕在了一起。

她心突突一跳，连忙移开目光，再看过去时，发现他已经低头在做别的事。

沈嘉鱼突然不知从哪里冒了出来："许稚，我周六生日你来吗？"

许稚一时没反应过来，看着他，愣在原地。

沈嘉鱼以为她不好意思："你们高一（2）班的桑柔也去，你认识吗？"

许稚不认识，但她快速抿了下唇，告诉他："我去。"

不能放过一切接近孟约的机会，更不能给别人机会。

周六那天又下起了雨。

许稚拿着手机和容茸商量了半天该穿什么，从清纯可爱到美艳小姐姐，最后瘫在床上。

"容茸，你知道吗？只要想到我是因为要去见孟约，所以不管做什么心里都软乎乎的。"

容茸听着少女软糯的语调，忍不住起鸡皮疙瘩："好了仙女，你决定好到底穿什么去艳压全场了吗？"

"决定好了。"

这天冷空气来袭，气温降到了零下。公交车里的暖气很热很闷，许稚拿着小镜子看了眼自己，确保完美无瑕才微微松了口气。

雀跃又紧张的心情。

许稚眯着眼笑了下，看着公交站牌，跑下了车。

地点在一家豪华的 KTV，包厢在二楼，里面莺莺燕燕坐了一堆人。

许稚进来的时候正好是两首歌间的空当，包厢里意外安静，所有人都看了她一眼，眼里都划过不同的色彩。

许稚却没找到孟约。

“她就是许稚啊？没想到她真的很好看。”

“她发质好好啊！”

有人意识到最根本的问题：“她来干吗？”

包厢里除了许稚，只有桑柔是高一的。

“桑柔，你叫她来的？”

“不是。”桑柔看着许稚，心里升起嫉妒。她向来对自己的外貌很有自信，但许稚纯得就像冬雨中的小雏菊，不仅好看而且有种特别的气质，让人怜惜又忍不住呵护。

桑柔在心里冷哼一声，什么惹人怜爱，都是装出来的吧。

许稚和这一屋人都不认识，她坐在最靠近门口的沙发边缘。

沈嘉鱼埋在女生堆里拿着麦克风，鬼哭狼嚎地唱着甜得发腻的情歌，简直是魔音穿耳。

桑柔已经出去半小时还没回来，许稚开始着急了。

她捏着手机也走出了包厢，像没头苍蝇一样在偌大的 KTV 里到处搜寻——桑柔会不会已经找到了孟约？或者是不是有别的女生先她一步？

各种猜想在许稚脑子里乱撞，她站在走廊尽头，一时不知该去哪里。

身旁的窗户没关严，傍晚降了十度的风裹着雨丝刮了进来，染湿了她的发丝。

她一颗心七上八下，她好怕一时不小心，孟约就变成别人的了。

忽然，身后传来一个男声，她下意识地转头。

他站在阴影里，英俊挺拔，帅得不可一世。

“你是在找什么？”过了两秒，他习惯性地微眯了下眼睛，“还是你在找我？”

许稚心跳如雷，无法呼吸。

只有冷风，很冷的风。

（5）

她看中的人，就是嚣张时不可一世，低调时冷漠内敛，可不管什么样都是独一无二仅此一份的孟约。

许稚被吹得脸颊雪白鼻尖泛红，突然脑子一片空白不知道要说些什么，鼻子发痒又打了个喷嚏。

窗外雨势渐大，他从阴影中走了过来，视线落在她身上。

“我没带生日礼物。”她开始胡说八道。

孟约的眉头皱起。

许稚舔了下嘴唇，厚着脸皮问：“你带了吗？”

“带了。”

“那你能不能和沈嘉鱼说这是我们俩一起送他的生日礼物？”这话说得不可理喻，许稚也不知道自己怎么想的，“就……沈嘉鱼突然让我参加他的生日会……我……我什么都没准备……”

说到一半，她编不下去了。

走廊里空荡荡的，谁都没说话。

远处包厢里的音乐透过厚厚的门隐约传来。

许稚心里忽然燃起一股巨大的挫败感。她想，算了，自己到底在干什么呀？

头顶突然传来孟约的声音。

他说：“好。”

啊？居然同意了？

半小时后，沈嘉鱼看着手里的礼物，目光古怪地在孟约和许稚之间来回辗转，最后视线定格在孟约身上：“你说这个是你和许稚一起送我的？”

孟约随意地“嗯”了一声。

许稚低着头看着自己脚尖。

她能理解沈嘉鱼的心情，他一定觉得不是孟约疯了，就是这个世界疯了。

许稚知道他们都没疯，是她疯了。

沈嘉鱼看了许稚一眼，突然明白了什么，语调变得暧昧：“可以啊，孟约，藏得这么深。”

孟约皱眉，冷声道：“收起你暧昧龌龊的思想。”

许稚这才明白过来，耳尖都烧红了。

啊！她是不是莫名其妙给孟约安了个和自己的绯闻呀？

她心里闪过对孟约的愧疚，但下一秒就为自己的才智鼓掌。

对！先制造绯闻，再坐实，这个战略好！

但绯闻没有那么容易就传起来，因为有人抢先了许稚一步。

生日会结束后，许稚走在人群的最后面，她听着前面两个高二的学姐你一句我一句地在讨论孟约。

“桑柔是不是沈嘉鱼带来的啊？但我怎么觉得桑柔一直盯着孟约？”

“我也发现了。桑柔端着呢，和沈嘉鱼说话的时候还用余光偷偷瞟孟约。”

聊到这里，短发女生轻轻叹气：“唉，孟约好受欢迎啊。”

身旁的女生笑着撞了她一下：“你不会也对孟约有意思吧？”

短发女生承认得理直气壮：“难道你不是吗？对孟约有意思的人从长荣排到市中心好吗？”

“那也只能看看，孟约看起来就是那种眼光超级严格的人。”

楼梯才走了一半，前面的人突然停了下来，讨论声也没了。

许稚探着头往前面看，刚刚话题中心的两个人正站在楼梯下的阴影处。

桑柔今天穿了件红色的小斗篷外套，下面搭了件白色的毛绒短裙，娇俏的五官被衣服衬得更加鲜艳。她红着脸站在孟约面前，不知道在说些什么。

许稚心里一沉，飞快地跑到了人群的最前面，还没来得及做什么，就看见桑柔踮起脚凑到孟约耳边说着什么，笑容甜美。

孟约半靠在墙上，单手插在口袋，只是冷淡地扫了桑柔一眼。

可许稚的心里还是被酸柠檬占据了。

此刻屋外的雨还没停，头顶的灯也是暧昧的粉色，空气喧嚣，人来人往。他们男帅女美，只是站着什么都不做，都能让旁人赏心悦目地生出几分绮意。

“许稚，你家住哪里？一个人回去可以吗？”沈嘉鱼在KTV门口打到出租车，刚问了这句又突然想起什么，声音压低，“还是让孟约送你回家呀？”

许稚神情微滞，没说话，垂着脑袋像被雨打坏的小花。

沈嘉鱼瞧见她这副样子，笑出声：“怎么的，好像被人欺负了一样？”

许稚低头看着脚尖，余光瞥见一双白色的板鞋走了过来，她抬头目光不偏不倚跌进孟约很淡的视线里。

“我一个人能走。”她咬着唇，没精打采地在和自己闹别扭，“但我没有伞。”

其实她有，是故意说给孟约听的。

孟约脚下一顿，垂眸看过来，只停留了一秒，下一秒就看向沈嘉鱼：“我送她回去，你先安排其他人吧。”

事情发展得出乎意料，许稚一愣，呆呆地仰头看着他。

孟约黑色连帽卫衣的袖子微微挽起，露出白净的手臂，定定站在那儿，身后是墨色的水帘，他像是一幅清俊雅致的水墨画。

他就站在她旁边，靠得有些近。

许稚能闻到他身上冰凉的薄荷香气，好像还夹杂着一丝甜味。

很淡，还是草莓味的。

她突然想起，之前他站在走廊尽头，左脸颊微鼓，嘴里咬了一根白色的棍子。

许稚猛地睁大眼睛。

他在吃棒棒糖。

她后退了一步，有一滴水落在她鞋子旁，发尾微湿，一直松松垮垮系在头发上的皮筋滑落。

不食人间烟火的孟约居然在吃棒棒糖?

他微微眯着眼，往她的方向看过来：“许稚。”

这是孟约第一次叫她的名字，比她想象中还好听。

但许稚心跳得太快，根本分不出心来细细品味，她还沉浸在发现孟约秘密的思绪里。

她想，这样是不是代表，她和孟约有一个专属的小秘密了?

专属这个词太过亲近，秘密又太过暧昧。

雨比刚刚小了点，雨滴跌进脚边的水塘，滴答滴答。

许稚低头看着水塘里她和孟约的倒影，眯着眼突然笑了。

他问：“你家在哪儿？”

“我不会说出去的。”许稚答非所问，还满脸真诚地保证，“真的。”

少年身上最吸引人的地方是有高出这个年纪的成熟，他思绪较重，眉眼间总带着一丝阴沉。

但这些在青春期少女的眼里就变得格外有魅力。

他只看了她一眼，黑眸里闪过一丝莫名，而后反应过来，嘴角勾出一个弧度。

不大，但非常好看。

许稚清晰地记着这个笑，还有他的话。

他说：“随你。”

（6）

第二天是周日，英语辅导课还在继续，但许稚发烧了没去。

“昨天真的是孟约送你回家的吗？”容茸在微信另一边八卦周六生日会的事情。

许稚额头上贴着去热贴，在写物理卷子，题难得她想暴走：“没，我爸爸加班回家，顺路把我接回去了。”

容茸叹息：“啊！那你不是浪费了一个超级好的机会吗？”

“是啊。”她也很懊恼。

月黑风高，雨下得细密又浪漫，风虽然冷了点，但她可以趁机装冷，骗一件孟约的外套。

可惜，这个机会被她爹扼杀了。

许稚病恹恹的，终于熬到了周一。

是谁说，暗恋最开心的事情就是，偷偷喜欢的那个人，每天目光所及都是他。

所以连她最爱的周末都变得索然无味。

第二节大课间，国旗下讲话完，高一因为要参加全国广播操比赛还得做操，而高二高三只要在操场上跑个 800 米就行。

容茸叽叽喳喳在许稚前面和她分享最新的八卦。

孟约在申请名校加州大学分校伯克利和斯坦福大学了。

孟约入选了数学国家队。

孟约家好像有私人飞机。

许稚怀疑："私人飞机？"

容茸点头，很神秘地说："对，真的，我觉得孟约他家可能是苏城首富。"

她生怕许稚不信，趁着老师不注意更压低声音说："我听说长荣每个教室的空调就是孟约入学时，他家捐的。"

许稚"哦"了一声，不太感兴趣。她目光一直盯着塑胶跑道，终于守株待兔等到了孟约。

他跑在队伍中间，不快也不慢，他其实靠的是腿长并不是速度。

冷风吹过，他眯着眼，有些不近人情的可爱。

许稚心突突一跳，好想也跟在他身后，看着他挺拔的背影，追随着他一起跑。

"许稚，做错啦，第五节了。"后面的同学小声提醒。

许稚连忙收回目光，第五节，第五节是什么来着？

全身运动。

跑操结束，沈嘉鱼钩着孟约的肩膀往篮球场走去，身边还跟了几个同是高二（1）班的男生。

"孟约，一起打球啊。"

孟约侧头看了沈嘉鱼一眼，抢过篮球，站在球场边缘，一跃而起，漂亮的三分球。

操场边，响起女生的惊呼声。

"孟约真的好帅啊。"

"别想啦，孟约才看不上我们。"

“看看，看看饱饱眼福也好啊。”

许稚拖着步子走在班级最后，看着孟约脱掉黑色外套。明明所有人都穿着一样的校服，可他穿得最好看。

她在想，孟约这样的人会喜欢上谁呢？

“桑柔吧。”容茸看着自动售卖机，犹豫着买可乐好还是买雪碧好。

许稚眯着眼睛在晒太阳，以为自己听错了：“什么？”

“你还不知道啊？都在传桑柔和孟约在一起了。”

容茸最后买了可乐，她刚将易拉罐拉开，就被许稚抢了过去。

许稚皱着眉，鼻梁也皱着：“你听谁说的？”

“贴吧里高二的学姐呀，她们说在沈嘉鱼生日会上看见的。”容茸说到这儿突然想起，“你也去了，怎么没听你说呀？”

许稚鼓着嘴巴，认真地回想了下那天发生的所有细节，难道除了两人凑近说话的那一幕，孟约和桑柔还有别的接触？

许稚心头酸涩，将抢来的可乐喝了一大口。

容茸瞪大眼睛，来不及阻止：“是……”

冰冰凉凉的液体流进身体，许稚觉得自己稍微没那么酸了，她决定正一正“风气”：“其实孟约喜欢的是我。”

容茸：“你怕不是怒急攻心走火入魔了？”

许稚瞪了她一眼，声音更大了点：“孟约就是喜欢我！”

容茸头都要炸了，自动售卖机旁来来往往都是人，她想立刻上前捂住许稚的嘴。

可行动还是比思想慢了一步。

“真的吗？”沈嘉鱼带着笑意的声音传来，“孟约，你真的喜欢许稚啊？”

孟约不知何时走到了许稚身后。

他刚打完球，脸上鼻尖还冒着汗珠。今天是难得的晴天，少年好看的脸被罩在光影里。

许稚的心猛地一跳。

她像触电一样回头，撞进孟约的眼睛里。

她顿时站立难安。

孟约神情平静，像什么都没发生一样缓缓走来，许稚觉得他的每一步都像踩在她心上。

空气中都是尴尬。

许稚心里那些酸泡泡还没戳破，脑子里都是他和桑柔。

错身而过的时候，她盯着他，口无遮拦地意有所指：“我诅咒你。”

都是他拈花惹草，没事长那么好看干吗。

也让她学会了嫉妒，动不动就像个酸柠檬一样，嫉妒每一个能靠近他的人。

她这话说得没头没尾，带着少女的软糯和任性。

孟约脚步一顿，脸色古怪，低眸看向她：“为什么要咒我？”

没想到他对号入座，许稚一愣，下一秒整个人都烧了起来，想要解释又不想解释。

昨天的高烧好像还没完全退，她头更昏了起来，目光弯弯绕绕怎么都逃不过他织成的网。

“我……”她咬了咬下唇，带着浓浓的鼻音，“我就咒你。”

许稚说完连忙拽着容茸往教室里跑，因为动作太急，还不小心碰到了他的手心，又热又潮，火一样烫。

沈嘉鱼看着小姑娘落荒而逃的背影，终于忍不住笑个不停：“孟约，被许稚诅咒是什么心情啊？”

孟约冷冷地扫了沈嘉鱼一眼，想起少女看他的眼神，乌亮的眸子三分委屈三分不满，剩下的都是零零散散的少女秘事。

说喜欢的是她，要诅咒的也是她。

她到底在气什么？

“许稚！”连跑了两层楼，容茸拉住许稚，“你要诅咒孟约什么呀？”

“啊？”许稚喘着气，好不容易平复胸口起伏，耳根烧红还没褪去，过了好一会儿，“诅咒他除了我没人爱。”

容茸：“……”

（7）

也不知道是不是许稚的诅咒起了效果，校园里果然没了孟约和桑柔的传闻。

“听说是孟约严肃申明自己没有和谁在一起，而且也没有早恋的打算。”容茸看着许稚垂头丧气，“你往好处想，最起码他和桑柔没关系呀。”

许稚没理容茸，换了个姿势趴着。

班主任不知什么时候站在了讲台上：“同学们，明天将进行高一下学期的第一次月考，一会儿我将考试安排和考场分布发下去。”

教室里立马炸开了锅。

“老师，哪有刚开学就月考的啊？”

“就是啊，月考就算了，哪有考试前一天下午突然通知的？”

“偷袭摸底考啊？”

“……”

容茸拿着考场分布名单瞪大了眼睛，用手肘轻轻推了下许稚。

“你快看。”

许稚有气无力地撑起下巴：“我不想看，我现在简直是学业不顺感情也不……”

许稚，高二（1）班，七排六座。

白纸黑字，无比清晰。

许稚猛地站起来抢过那张纸，确定自己没有看错，然后激动地抱住容茸。

“我真的好喜欢考试啊！”

她坐在孟约的位置上考试！

一定是她感动了上天，让她有如此好运！

许稚从前桌拿来考试安排：“考几门啊？语数外物化生政史地都考吗？音乐美术计算机呢？”

最好考个五天五夜，让她好好和孟约……的课桌培养感情。

容茸捂着脸实在不想认识她，花痴中的女人真是可怕。

月考的第一天，许稚特意来得很早。

长荣有规定，女生不准披发，但她还是对着镜子费尽心思地搞了个编发。

她对着镜子再三确认，她很美，她是小仙女才出门。

贴考生信息的时候，许稚特意睁大眼睛关注着孟约坐在他们班谁的位置上。

数了半天，发现孟约坐在班长的座位上考试。

许稚盯着右上角的姓名条，好不容易忍住要和班长换桌子的冲动。

第一门考完，许稚留了个小心机。

她特意将笔袋忘在了孟约的课桌上。等所有人都离开去吃午饭的时候，她才跑回去找笔袋。

因为她经过这些天的观察，发现孟约的吃饭时间不太固定。他有时候喜欢在教室里休息一会儿，等所有人都走了，他才慢吞吞地去；有时候就等着沈嘉鱼给他带饭，直接就不去食堂了。

现在高二（1）班的教室里居然只剩下孟约一个人。

许稚站在门口往里面看了一眼："不好意思。"

孟约趴在桌上，似乎睡着了，听到声音抬起头来，眼睛微眯了一下，看起来很困。

阳光透过窗户正好落在他的右脸上，将他白皙的皮肤照耀得有些刺眼。

他趴着的那张桌子半小时前，她正在用它进行考试。

许稚想这是不是就是缘分，不然高二（1）班 46 个人，怎么偏偏就是他了。

她看着他笑着说："我笔袋忘记拿了。"

这借口其实很拙劣，就算忘了，下场考试并不会换位置，继续用就是了。

孟约单手撑着下巴，安静地看向她没说话。

许稚红着脸局促地走了进来，伸手怯怯地拿起笔袋。

她心跳得很快，脑子里还在想孟约会不会发现她的小心机。

却没注意到转身的时候，她发丝和他衣服绞在了一起。

她头发很长，正好绕在他校服里的衬衫纽扣上，因为太想跑反而让它们缠得更紧。

孟约终于清醒了一点儿，他懒洋洋地坐直身子，一手扯下戴在耳朵上的白色耳机，一手按住她的脑袋。

“你急什么？”他声音冰冰的，带着少年的清凉，似乎因为没睡醒又有点发哑。

许稚抿着唇：“我……”

她真的很急，和他靠这么近，她的心脏真的受不了。

他的鼻息，他的体温，他头顶的风。

所有的一切都让她心跳加速。

孟约可没有一点儿着急的意思，低着头慢条斯理地整理起缠绕着的头发。他手指修长好看，指甲修剪整齐，指腹不知是有意还是无意不时会碰到她脸颊，有些痒。

许稚半跪着，被逼着又离他近了些，像是整个人都被他抱在怀里，四周都是清凉的薄荷味。少年的体温比她的还低一些，头顶正在工作的空调吱吱呀呀吹着不起作用的暖气。她掌心的湿意又重了些，好像整颗心都被泡在热水里，温热潮湿。

虽然此刻大部分学生都在食堂，可走廊里还是有零星的人走过。更别说现在正是考试期间，随时都可能有学生早回来复习下一场考试的科目。

许稚动了一下，心里更急了起来。

孟约也动了一下，箍住她脑袋的那只手转了个方向，将她整个人又带近了几分。

他说："别动，快解开了。"

许稚听话，不敢动。

他突然又问："为什么要诅咒我？"

"啊？"许稚一时没反应过来。

耳边又传来他偏凉的声音，他问："许稚，你是不是喜欢我？"

似乎有一盆冰水从头浇到脚。

许稚刘海下闷出的细细的汗珠都不见了，此刻只觉得全身发软，后背冰凉。

她脑子里都是"孟约没有谈恋爱的打算"这几个字。

教室门口有人闯了进来。

"孟约！"

许稚猛地站起来，头发断裂。

是沈嘉鱼，他手里拎着打包的盒饭，惊讶地看着许稚："许稚？你怎么在这儿？"

许稚抿着唇没理他，快步走出了教室。

"她是哭了吗？"

孟约看着衣服上断了的发丝，心情烦闷，脸色阴沉。

许稚只有一个想法，完蛋了，被发现了。

她是承认好，还是否认好？

她急得团团转，最后跑去食堂把狗头军师容茸找了出来。

两个人站在没人的楼梯口。

“我觉得否认好，毕竟孟约心里只有学习。”

许稚点头如捣蒜：“我也觉得。”

现在承认太快了没有一点儿缓冲，她肯定会被狠狠拒绝。孟约又冷又绝的作风，她脆弱的小心脏一定受不了。

沈嘉鱼嚼着口香糖从楼梯旁走过。

许稚脑子一抽叫住了他：“你告诉孟约，我不喜欢他。”

沈嘉鱼：“……”

容茸：“……”

刚从班级走出来准备下楼的孟约：“……”

沉闷又紧张的月考，因为许稚这一句话打破了。

各个微信群在疯狂滚动。

“孟约告白许稚被拒绝？”

“许稚是瞎了吗？”

“孟约怎么会喜欢上许稚这种女生啊？”

……

许稚躲在学校花坛的角落一边咬着牛奶盒的吸管，一边盯着群里消息。

3 月中旬，学校的樱花已经开了一半，晚霞染红了一半的天，剩下的一半是少女的粉。

风有些凉，她睫毛上突然落片花瓣。

许稚眨了眨眼睛，捏着手机又翻出孟约的那张照片。

他应该就是在这里被偷拍的。

当时，她刚说完不喜欢孟约，沈嘉鱼的脸色就变得见鬼了似的难看。

她后知后觉地转头看去。

孟约冷着脸，从她身边走过，没搭理她。

明明他校服衬衫的第二颗扣子上还缠着她的头发，怎么就能视而不见到这种地步呢？

外面突然打了雷，太阳还没出来一会儿，就来了一场暴雨。

雨滴很大很急，空气中起了一层雾气，急切地想洗刷那个充满阳光的中午所发生的一切。

许稚看着照片吸了吸鼻子：“他一定生气了。”

（8）

月考结束就是周末。

许稚正在自己房间里做卷子。她最近异常好学，总觉得如果成绩好一点儿，就离孟约近一点儿。

“许稚，去遛狗。”曹丽雅女士打开许稚的房门。

许稚可怜兮兮地看着她：“妈，我在写作业呢。”

曹女士不听：“是你要养的，快点去遛，妞妞和点点已经在闹了。”

许稚敌不过，吸了吸鼻子，认命地给两只狗套好了牵引绳。

晚上七点，天黑得彻底，她拉着两只狗，正在用耳机和容茸在聊天。

“你打算怎么和孟约道歉啊？”

许稚踢着脚边的石子，心不在焉地说：“我……也没错呀。”

容茸冷笑一声："我们清清白白的孟神名声被你糟蹋成这样了，你居然还说自己没错？"

许稚低着头闷闷地"嗯"了一声，过了一会儿用周围太吵的借口将电话挂了。

空气还是潮，夹杂着湿湿的草腥味，两只狗不满足于小区内部，非拉着她往小区外走去。

刚走出小区转了个弯，有只边牧窜了出来，对准许稚扑了过来。

许稚这人养狗还怕狗，被吓得僵在原地，发出小动物一样的呜咽声。

"呜呜……"

这到底是谁家的狗啊，为什么不牵着呀，有没有公德心啊？

边牧一直凑近她身边东闻西闻，许稚一颗心七上八下地悬着，害怕得要命。

千钧一发之际。

"馒头！"

是个极为熟悉的声音。

许稚抬头看过去，前面那条路是个没有灯的暗巷，巷口有一家24小时便利店，门口霓虹灯带的光照进去了点，有一半映在孟约的脸上。

她突然有些矛盾，想见又不想见孟约。随之而来的是，又有点后悔，早知道遛个狗都能遇见孟约的话，她就不穿睡衣下来了。

她现在头发也乱糟糟的，睡衣外套了件旧旧的毛衣，一点儿都起不到惊艳的效果。

边牧见她愣着不动，冲她"汪"了一声。

许稚也不知道是害怕还怎的，眼圈突然红了，眼泪啪嗒啪嗒就滴了下来。

孟约一愣，而后走过来，将那只叫馒头的边牧牵过来。

少女的声音又害怕又委屈，指控他：“你的狗吓到我了。”她声音软软糯糯，更像在撒娇。

许稚看不清孟约的神情，只觉他眸子格外亮，里面似有一块暗夜里的冰。

“刚才没注意让它跑脱了，吓到你了。”他抿了下唇，看见少女睫毛上挂了一滴泪，声音比刚刚稍微柔了点，“对不起。”

“你得赔偿我。”少女声音亮了一些，尾音透着甜。

他没说话，安静地站在那儿。

许稚低头悄悄地勾了下嘴角，指尖绕过发丝，将心里打着的小算盘说了出来：“看在我们是校友的分上，我也不为难你。你先告诉我，你微信号多少，我要是被吓出什么后遗症好方便找你。”

气氛突然安静了两秒，而后他说：“我没微信。”

“……”

“QQ 号也行。”她退而求其次。

“没有。”

许稚生气了，拉着狗就往回走。

她想，孟约一定还在生气，不然怎么连一个社交软件账号都舍不得给她。

刚走没两步，许稚捏在手心的手机振动了一下。

容茸神通广大，弄来了孟约的微信号：“好不容易要来的，你快加了去道歉。”

许稚看着那一串数字，回头走到孟约面前。她仰着头，眼睛直直地盯着他。

“你必须加我微信。”

“……”

“你不加我，我……”她吃了口风，话语堵在嗓子眼，声音更加委屈，“我就哭。”

少女眼尾微红，眼睛亮闪闪的，像包裹着一层月光。

孟约看着她毛衣外露出来的那截白净的脖颈被冻得变粉，他心头突然有什么说不分明的情绪扫过。

许稚看见他眸里的冰冷微微散去，她大着胆子将手机拿出来，举在他面前。

“要不……扫一扫？”

他居然妥协了。

十分钟后，容茸发来微信问许稚：“你加了没？我听说孟约从来不加人微信的，他们班除了沈嘉鱼那几个和他关系好的，都没他微信。”

许稚看着容茸下面那个纯黑色的头像，心里更甜了。那她现在是不是四舍五入也是在孟约的亲友圈了？

她捏着手机回容茸：“你说孟约是不是真的暗恋我？”

容茸觉得她脑袋出了问题：“你睡醒没？”

“不然他干吗当着所有人面说不认识我？还问我喜不喜欢他？这样做，不就是想引起我的注意吗？”许稚想了想，还觉得自己说得挺有道理的。

容茸："你醒醒。"

许稚不肯醒："我决定了，我今晚要回去对着镜子许个愿，让孟约一生一世，不，三生三世只能喜欢许稚小仙女。"

容茸："孩子醒醒，快醒醒吧。"

孟约洗完澡正在擦头发，他扫了眼放在桌上的手机。

很平静，没有一条信息。

过了会儿，手机振动了下。

他拿着浴巾的手顿了下，滑开屏幕，是沈嘉鱼。

【沈嘉鱼：许稚的闺蜜刚问我要了你的微信。】

孟约眉头微皱，怪不得，她气冲冲地走了，又气冲冲地回来。

沈嘉鱼按捺不住八卦的心，继续问。

【沈嘉鱼：许稚到底加你没？兄弟，你到底喜不喜欢许稚啊？】

孟约没搭理他，点开许稚的头像。

少女的头像是个很可爱的粉色漫画少女头像。

大眼、长发，嘴角还勾着三分笑意，很像她。

她朋友圈发得不多，多数是生活分享。

【哇！今天的草莓好甜好甜。（配草莓摆拍）】

【已经下了半个月雨了，再下下去，我就要改名许雨雨了。QAQ】

【我决定追随某人的脚步好好学习了，啊啊啊啊啊，他居然连菁华大学都不去，好过分哦。】

【魔镜魔镜，我是不是最漂亮的小仙女？（可爱自拍）】

【魔镜说了，许稚是最漂亮的，就是有人眼瞎要弃一追二。】

……

孟约一条一条看下来，嘴角勾了下。

手机突然又振动了下。

这次是少女的。

【许稚：孟约，对不起对不起，我当时太害怕了，没想到自己会那么说，其实我……我也不知道该怎么说，总之对不起啦，你不要再生气了。】

【孟约：哦。】

（9）

哦？

许稚想了一晚上，没想明白“哦”是个什么意思。

第二天一大早，天气预报就发布了台风预警。

许稚的父亲临时加班：“许稚，你一个人去补课可以吗？”

许稚将酸奶和软糖装进书包：“可以的。”

出门的时候，已经起风，公交站所在的那条路是市里有名的樱花大道。

树影重叠，粉白色的花瓣纷纷落下，许稚的裙子不受控制地乱飞。

她的手小心地压着裙子，耳机里放着一个小众乐队的新歌，神采飞扬，都是春天的气息。

也不知道今天孟约会不会去？

公交车刚关上门开了一步，司机就急急踩了重重的刹车。

许稚重心不稳地往前移，脖子上的耳机线不注意甩了下，下一秒听到个很冰的声音。

“不好意思。”

她侧头看过去，孟约从口袋里拿出硬币投了进去，转头目光和她对上。

他发尾有水珠，头发被吹得有些乱，在车厢里扫视一圈后，往她的方向走来。

许稚一愣，视线忘了收回，看着他走到她身边，顺势在她旁边的位置坐了下来，带来了湿漉的空气和微凉的风。

她下意识坐得端端正正。

孟约怎么会坐公交车？

他低着头回消息，很随意地开口：“今天是什么课？”

“英文写作。”

“你英语很差？”

许稚被噎了下：“还……还好吧。”

他突然轻笑出声：“我看到你月考成绩了。”

许稚没想他是怎么看到的，只是心猛地一紧，生怕自己比上学期期末考得更差。

她小心翼翼地问：“多少呀？”

“及格了。”

“这么高？”许稚惊喜，下一秒闭上了嘴，“我是说……”

孟约放下手机随意看了她一眼：“许稚，你想不想考菁华大学？”

他说完这句话后，就一言不发地理着手里的耳机线。许稚看着他发尾的雨滴跌进黑色的衣服里。

车窗外纤细的枝叶被狂风压弯了腰，一年只有半个月盛开的樱花，在这场台风里消失殆尽。

她拇指无意识地按着手机旁边的音量键。

耳机声音被开得超级大，直到耳朵隐隐作痛，她才反应过来。

“想。”她转头看着他问，“那你想考菁华大学吗？”

少年黑眸深邃，目光如海。

气氛安静了三秒，他说：“想。”

车厢里的空气又闷又湿，空调轰轰作响不起作用，许稚情绪轻轻波动，从微愣到惊讶再到喜悦。

少年的目光越过她看着她身侧的玻璃窗上斑驳的雨痕，耳机线终于理好，他在想，今天少女会发什么样的朋友圈？

是不是兜兜转转，顾左右而言他的，总是逃不开他？

“你说什么？你要考菁华大学？”容茸摸了下许稚的脑袋，“你还没退烧？”

许稚拍开她的手，课桌旁的雨伞未干，雨滴一点儿一点儿落在地上。

少女的声音坚定：“我就要考菁华大学！”

月考成绩已经出来，她比上学期期末进步了许多。

总分排在年级前一百，英语和物理拖了很大的后腿，如果高二时选择文科，进入年级前五十应该问题不大。

但，距离菁华大学还有好远的距离哦。

# 第二章

## 提拉米苏是一种柔软的暴风雪



（1）

考菁华大学的事，任重而道远。

先到来的是长荣的校庆，今年的主题是“府学千年，新学百年”。

这个前身是府学，历经几百年发展成为如今苏城排名第一的历史名校，校庆必须盛大而隆重。

“许稚，你不是学过舞蹈吗？这次校庆每个班都要出节目，要不你就代表我们班上去跳个舞吧？”文艺委员张静坐到许稚前桌在做思想工作。

“我跳得不好。”许稚怕生，不太喜欢出风头。

张静盯着许稚这张脸，怎么都不肯放弃：“我听说二班是桑柔独唱。我和你说你要不去参加，你那校花第一的排名肯定要被她挤下去。”

许稚低着头想了想，突然问：“高二（1）班是什么节目？”

张静拿出手机翻了下：“情景话剧，咦？孟约居然也参加了。”

许稚立刻将脑袋凑过去，帖子里发布的最新图片上，孟约穿着一身深灰色的西装，背脊挺拔，糊到不行的图都能感觉到他的帅气。

许稚装得若无其事，快速说：“我参加，但得大家一起。”

张静眼珠子转了几圈：“行，那我们班女生一起排个舞蹈，你做领舞。”

下午课间活动的时候，一群女生留了下来。

女生们研究来研究去，打算跳个古风舞蹈。

容茸凑到许稚耳边：“其实是张静喜欢汉服，家里不让买，趁着这次机会能理所当然地买。”

许稚有点犯困，点了下头。

长荣硬件极好，综合楼的排练室就有五间。她正刷着朋友圈，看到沈嘉鱼发了一条新动态。

【孟神帅不帅？（配图是对着镜子拍的孟约侧影）】

许稚站起来跑了出去，刚拐进走廊，就看见孟约步伐很慢地从隔壁的排练室走出来。

周围都是人，许稚想装作若无其事地路过。

还差一步就要擦肩而过，她的手腕突然被他抓住。

许稚下意识地挺直脊背，她目光停留在他手握住的地方。

她手腕处系了一根红绳，衬得莹白的肌肤刺眼又好看。而现在他骨节分明的手，带着冰冷的温度用这么亲密的方式包裹着她。

许稚胡思乱想，她猛烈跳动的脉搏，会不会提早泄露她喜欢孟约这个秘密。

“扣子。”他声音很淡。

“啊？”许稚手忙脚乱最后才看到自己校服衬衫的扣子松了，正好是胸口的第三颗。

她脸爆红，手捂住胸口，只用余光看了他一眼，就跑了。

沈嘉鱼在排练室门口目睹了全过程。

他挂着不怀好意的笑容：“许稚身材还真好。”

下一秒，“嘭”的一声，他被猛地推到门上，他举起双手投降。

“OK，我什么都没看到。”

孟约冷冷地扫了他一眼，松开了桎梏的手。

沈嘉鱼松了松领口：“力气还真大。”

不对，是占有欲还真强，看一眼都不行。

（2）

因为这个小插曲，直到晚自习的预备铃响，许稚的脸红都没缓过来。她趴在课桌上对着阅读理解发呆，过了两秒似乎想到什么，又眯着眼在笑。

容茸正在做题，看见班长谭修被老师叫了出去，她伸头和许稚咬耳朵：“肯定是竞赛的事情。谭修的数学成绩很好，王照一直指望他能成为第二个孟约，拿到保送名额。”

许稚“哦”了一声，咬着笔在傻笑。容茸觉得她有点魔怔：“你又犯什么病了？”

许稚脸一红，迟疑了一下：“不告诉你。”

容茸很无语，努力把话题拉回来：“听说孟约不太想去奥数国家队，他们数学老师急死了。”说着，她想到另一件奇怪的事情，“这次菁华大学的保送名额本来是给孟约的，但不知道怎么回事最后给了于跃。”

许稚想到开学时在老余办公室的对话，又想到孟约和她说想考菁华大学，她有些不明白："长荣只有一个菁华大学的保送名额吗？"

"对呀，而且还是因为孟约数学竞赛国一才给的。"

她撑着下巴疑惑："那为什么最后给了于跃呀？"

容茸想了想："于跃家蛮困难的，可能学校想照顾一下吧。"

这件事就被这么一提，许稚转头就忘了。

第二天她去老余办公室听训，正好看见了于跃。他个子不高，大概一米七左右，戴着很厚的近视眼镜，可能因为营养不良，整个人很瘦，显得脑袋很大。

老余看着许稚的英语卷子都要愁死了："你单词到底背了没？"

许稚委屈："背了呀。"

老余就纳闷了，许稚是从长荣初中的实验班上来的，其他科目都不错，物理差吧，但也能及格，难道真没语言天赋？

隔壁桌，于跃正在和高二数学组组长王琴死磕数学竞赛集训的事情。

"老师，我也想去数学国家队集训。"

王琴犹豫了下，语气婉转："于跃呀，老师知道你好学，也喜欢数学，但是现在你已经签了保送，其实集训对于你来说没太大的帮助。而且集训名单也下来了，没有你。"

"我看通知上说可以旁听的。"

王琴叹了口气："你的心情老师能够理解，这次集训在花城，需要自费，费用也不便宜。"

于跃脸一下子白了，王琴刚想要说什么，他就连忙跑了出去。

有老师开口："于跃这孩子感觉是和孟约杠上了。"

王琴摇头："不知道他怎么想的，好好准备保送考试不好吗？他各科目比较平均，之前参加竞赛，成绩就不是很好。"

老余也停了下来叹气："不服气吧。"

王琴作为数学组组长，有些偏心孟约："他有什么不服气的，从高一到现在孟约雷打不动的第一，竞赛国一，集训队点名要的人。就连菁华大学的保送名额本来也是人家孟约的，要不是孟约知道就只有一个没签，不然哪能轮到他。"

老余看了眼许稚："你回去吧。"

"好的。"许稚走到门口的时候，听见办公室里还在说——

"寒门学子不容易，孟约家条件太好了，长荣的空调、实验室都是他家捐的，你让别人怎么想。"

"能怎么想？成绩还不够吗？"

……

许稚低着头转身，差点儿撞到了于跃。她瞪大眼睛，有些手足无措，办公室里的声音不算小，他不会都听到了吧？

"那个……同学。"

于跃一怔，脸色苍白，过了两秒，面无表情地瞪了她一眼，快步回班。

沈嘉鱼从后面走来，目睹了这一切，捉住许稚："于跃那人一直阴阳怪气的，你别当真。"

许稚点头，她好奇地多瞅了几眼。

于跃坐下来拿出卷子开始刷题，偶尔有人去问他题目，他也不理人。不知为何，她觉得情况不太好。她虽然不关注高二，但也听说于跃成绩优异，每次都能稳定在前三，因为有孟约这样的神人在，所以难免被掩盖了光芒。

不会出什么事吧？

沈嘉鱼问："出什么事啊？"

预备铃响了，许稚摇了摇头，飞快地往楼下跑。

沈嘉鱼叫她："这就走了啊？不等等孟约吗？"

她没听见，闷着头脚步很快地往楼下跑，被身旁快速跑过的同学撞了下，左脚一崴，距离平地还有三个台阶，她心想完了完了，肯定要摔成狗吃屎了。

风吹来，忽然她身体一轻，好像在空中停滞两秒。许稚闭着的眼睛，小心翼翼地睁开。

孟约？

他正好和她反方向，从楼下往上。

他手很凉，身上还有汗，领带塞在左胸口的口袋里。

许稚蒙了，直到孟约将她放下来，才反应过来。

她连忙转身，叫住那个背影："你刚刚抱我了？"

他回头，面无表情，目光落在她身上。

许稚咬着唇，眸光闪烁，脑子里突然闪过什么，跳跃性极大地问："你喜欢吃草莓大福吗？"她惦记着校外新开的甜品店。

孟约迟疑地顿了下，第二遍上课铃又响了，少女的脸噌一下红了，也不等他回答就急急忙忙跑走。

孟约迟到了一分钟，赶在老师进教室的前一秒坐在了座位上。同桌的男生，递上一包餐巾纸小声问他："刚刚去打球了？"

孟约接过纸巾，“嗯”了一声，擦完汗，他低头卷着衬衫袖子。

沈嘉鱼趁着老师在黑板上写字，身体靠前，在孟约耳边说：“刚刚许稚来我们班了，好像是找你的。”

孟约分心没听清：“谁？”

沈嘉鱼笑出声：“许稚啊，我发现你们俩真的挺没缘分的。”

孟约皱眉：“滚。”

沈嘉鱼也不生气，继续八卦：“她好像又被老余叫去办公室听训的，顺便路过下咱班，但于跃也不知怎么回事瞪了她一眼，小姑娘好像被吓到了。”

孟约若有所思地看了于跃一眼。

这节课的第十分钟，许稚正在发呆。就在她昏昏欲睡要瘫倒的时候，她收到了孟约主动发来的第一条微信。

【孟约：不喜欢。】

许稚“啊”了一声，把前面的同学吓到。

“没事，没事。”

前桌女同学莫名其妙：“那你叫什么呀？”

许稚眼睛亮晶晶的，俯身贴到她耳边，悄悄地说：“孟约给我发信息了。”

前桌女同学冷漠地回她个：“哦。”

“你都不激动的吗？”

见过世面的女同学显然不把许稚放在眼里：“嗯，昨天孟约还跟我表白了呢，你信吗？”

许稚：“……”

课上了一半，孟约才收到少女的消息。

【许稚：那你喜欢什么呀？】

【孟约：不喜欢甜的。】

【许稚：那完了，你得适应。】

【孟约：？】

【许稚：我很甜的。】

孟约手指一顿，三秒后，许稚急急忙忙又撤回消息。

【许稚：我是说，我喜欢甜的。】

【孟约：哦。】

聊天的气氛好像被带入了尴尬的氛围里，五分钟后——

【许稚：我看了天气预报，今天有 80% 的可能性下雨，我没带伞，反正我们顺路，晚自习下课的时间也一样……可以一起回家吗？】

高二（1）班这节是生物课，内容是《减数分裂和受精作用》。讲台上的女老师正在讲解男女的生殖系统，含蓄地渗透着性教育。教室里，男生在起哄，女生羞红了脸。

孟约在走神，窗外的阳光明媚，天蓝云白，丝毫没有下雨的迹象。他忽然笑了，指尖在屏幕上敲了个字。

【孟约：好。】

（3）

晚自习下课铃响，安静的教室开始骚动，有同学在抱怨外面的天气。

“什么鬼天气，感觉要下雨。”

“我没带伞怎么办啊？”

……

孟约叫住沈嘉鱼：“你住宿对吧？”

沈嘉鱼急着回宿舍打游戏：“对呀，怎么了？”

孟约指了下他手里的伞：“伞给我。”

沈嘉鱼看了眼窗外乌云密布的天：“不是吧，兄弟。你忍心让我淋雨回宿舍吗？”

孟约无比残忍：“忍心。”

许稚早早就等在了校门口，她踮着脚跳来跳去，有些藏不住心里的小雀跃。保安大叔见她奇怪，在重点观察着她。雨还没落下来，风里夹着雨丝一点点在预告，其实她书包里藏了一把伞。

过一会儿，校门口的人变得多了起来，她仰着头东张西望，一下子就看见了孟约。他身上有一种很特别的气质，好像与芸芸众生格格不入。许稚跑过去，刚想叫他，就看见了他身旁的桑柔正亦步亦趋跟着他。

她脚步停了下来，期待了整个晚自习的心，忽然酸了。

“许稚。”

是孟约在叫她。

她垂头丧气地抬眼看他，发现桑柔已经不见踪影。

晚上十点，雨势转大，他们撑着伞走到公交车站，女孩的头发被雨水打得湿漉漉的。

孟约发现了许稚的不对劲，刚想问就听见许稚犹豫又带着不确定的声音——

“孟约。”

他低头看她。

“你是不是喜欢长得高的女生啊？”她仔细琢磨了下，感觉桑柔只有比自己长得高这一个优点。她心里一急，又仰着头连忙说，“那我从今天开始多喝牛奶，我还小还会长高的。”

孟约没说话，眼底有些细碎的笑意。

许稚突然就脸红了，手指蜷缩在一起，然后掩耳盗铃地说道：“我可没喜欢你哦。”

“我知道。”

许稚定定愣住一秒，而后低头撇了下嘴巴，心想你知道什么呀。

公交站附近有一条小吃街，一家甜品店正在做活动，穿着玩偶装的店员很敬业地在给他们分试吃的蛋糕。

许稚突然跑进雨里，孟约脚步一顿，下一秒，嘴里就被塞进了一个草莓味的奶油球。

他眼眸里闪过瞬间的惊讶，目光还在她身上。倒春寒还没过去，气温升升降降摸不着头绪，少女的校服湿了一半，白色的衣领贴在莹白细腻的锁骨上。

许稚仰着头，手指拉了下他的衣角：“你吃了，我就原谅你。”

其实她也知道孟约根本没有什么过错，只是想知道自己喜欢的那个人能为自己妥协到什么地步。

孟约眼眸幽深盯着那一截露在衣服外的脖颈，喉结一动，甜得发腻的奶油从喉咙滑进胃里。

他微微皱眉，目光看见许稚有些紧张的脸。雨彻底大了，伞不够大，他已经将伞的三分之二举在她头顶，还是让雨滴落在了她眼角。

许稚眨了下眼睛，嘴角含笑，眼眸仿佛被水浸泡，让人移不开眼。

目光对视似乎只有一秒，他就移开。

好像也并不难吃？

“甜不甜？”许稚问。

他舌尖抵过牙齿，表情突然变得认真。

“甜。”

很甜。

（4）

4 月 18 日这天，天气阴晴。长荣迎来了府学 990 年，新学 120 周年校庆的日子。

下午两点，大礼堂正在举行往届校友座谈会，所有教室都空荡荡的。

容茸顶着舞台妆，穿着汉服裙，站在高二（1）班门口东张西望：“许稚，你好了没？”

许稚正拿着卷子，蹑手蹑脚地往孟约的书包里塞：“快了快了，你不要急。”

容茸都要急死了，本来下午就不上课，活动那么多，总有人有事回班级，万一被抓到，她们俩简直说不清。

孟约的书桌很整齐，书桌里有很多杂书，许稚好不容易离这么近，舍不得走。

“快点快点，有人来了。”

许稚连忙往外跑，不小心撞到了孟约的桌子，他桌肚里的书都掉了下来。

容茸在门口拼命叫她："许稚，许稚！"

"知道了。"许稚低着头看着手里的书——《算法竞赛 入门经典》《算法艺术与信息学竞赛》。她手忙脚乱地将书塞进去，就快速跑出去。

容茸不明白她刚刚的行为："你干吗把你做了一半的卷子塞到孟约的书包里呀？"

许稚在想之前容茸说孟约入选数学国家队的事情，可他现在在看的明明是信息学竞赛的书。难道孟约还想参加信息学奥赛？

容茸见许稚没理她，拽了许稚一下。

许稚连忙收回目光，仰起头，有些得意："你不懂，我这是战略性布局。"

"哦？"

"我塞进去的其实是我的物理和英语作业，我把会做的题都做好了，没写的都是不会的。"她这样就能有借口找孟约，还可以顺势让他帮忙辅导她学习。

容茸瞪大眼睛："许稚，你不会是想让孟约帮你代写作业吧？"

许稚瞪了她一眼，想了想，算了，这种小手段还是不要告诉她为好。

这天校园里到处都拉着红色的横幅，根据签名墙统计，光签名就有四千，怕是实际有超过一万名校友回校。

许稚看见孟约戴着志愿者的袖章正站在校园里指引，人来人往间，他忽然抬起头，好像在人山人海里模糊地与她对视了一眼。

她脚步一顿，忽然说："我突然肚子疼，你先去吧。"说完，也不等容茸回答就快速往楼下跑。

快要接近孟约时，许稚拿出手机对着前置摄像头仔细看了遍，确定十分完美才准备去打招呼。

忽然，眼前有个人影一晃，刚刚还在眼前的孟约就不见了。

许稚歪着头疑惑：“人呢？”

她在原地转了个圈，才发现是于跃叫走了孟约。可能是女生的第六感，她下意识就朝着他们所在的方向走去。

他们俩停在小花园的角落里，树影幢幢，两个穿着校服的少年，看起来莫名有点浪漫。

许稚拍掉自己脑子里的奇怪思想，还想再靠近一些，下一秒——

于跃的声音格外冷漠：“你是不是觉得自己高尚啊，菁华大学的保送名额都让给我？”

孟约站在那儿，没说话。

于跃情绪激动起来：“你以为学校为什么要把名额给你啊？还不是因为你家有钱，你真以为你那么了不起啊？菁华大学的保送名额本来就是我的。”于跃的表情变得扭曲，话越说越难听。

许稚手指攥在手心，心里似乎有火焰在翻腾，她脸绷得紧紧的。

“你要是没了你家，还算什么！孟约，你就是不如我！”

许稚忍无可忍，猛地从草丛里站了出来，在两个人惊讶的眼神中挡在孟约身前。她气焰很高，偏软的声音此刻格外严肃：“你哪次考过孟约了？他哪里不如你了？你不会觉得他考第一，都是因为他家里有钱吧？那你心胸未免也太狭隘了吧。”

许稚今天穿着淡粉色的汉服，与平日里的素面朝天不同，张静不仅帮她化了个精致的妆，还在她额头上贴了个红色花瓣一样的图案，好像真是穿越千年而来的古代少女。

这地方是于跃找的，他显然没料到会有人来，被吓了一大跳。听到许稚的话，他气得脸色发白，眼里充血，格外可怕。在要和许稚错身而过时，许稚叫住了他。

“自卑不可怕，可怕的是用自卑来绑架自己和别人。”许稚看着于跃，声音很轻。长荣好看的女孩不在少数，许稚能成为校花是因为她身上有种干净又羞怯的小白花的柔弱无辜感。哪怕是于跃这样的书呆子，也听过她的大名，也曾幻想过和她见面时的情景。

于跃气急攻心，推了她一下：“你懂什么！”

小花园里只剩下了许稚和孟约。已经到了黄昏，天空变成漂亮的玫瑰色。她站在那儿有些局促，因为刚刚被于跃推了下，她下意识主动拉住了孟约的手。

她看着两人交握的手，心跳有些快。而他的目光一直不动声色地落在她身上，让她的脸控制不住地泛红。空气里充满花香，好像把氧气都驱散了，让她呼吸都艰难起来。

“我其实是故意的。我听见你们在说话，但我不想再听下去了。”许稚极力平复着心跳，大着胆子仰头看他，“你明明每次都考第一的，看起来也很聪明的样子，但怎么这么笨，他那么说你，你都一句不反驳呢？”

他没回答，乌黑的眼眸里有落日的余晖，答非所问：“你跟着我来的？”

许稚被戳穿脸更红了点，头先摇了摇，下一秒，又点了点，落在肩上的发丝，缠在了他指尖。

许稚没发现，孟约却看见了，还有两人还没松开的手。

少女真的被气到了，一直愤愤不平：“你不后悔吗？”

“嗯？”

“就——”许稚小声地说，“不用参加高考就能上菁华大学。”

孟约突然笑了，眼眸里充满骄傲和不可一世：“你觉得我考不上？”

她摇头着急地表示：“你当然能考上。”

怕自己表现得不够诚恳，她还用力握住他的手腕。说完，她又开始紧张，暗暗骂自己表现冲动，怎么能质疑学霸？

因为孟约没说话，让安静的气氛蒙上一层暧昧。少女的身心都放在他身上，余光小心翼翼地注意着风吹草动。许稚看着他校服衬衫的扣子，觉得自己好像沾到了他身上的气息……忽然就面红耳赤。

孟约盯着她，双眸渐渐闪烁。

“许稚，我抵抗不了诱惑。”他语气很淡。

许稚不明白：“保送名额是诱惑吗？那你为什么要让？”

他松开她的手，靠在背后的墙上，眼睛习惯性地微眯。

少女站在那儿，穿着合身的汉服，腰被勒到细小，仿佛一手就能掌握。她脸颊粉红，眼眸被晚霞染上一层暧昧的红。她呼吸很慢，花香都没那么惑人。

孟约突然心口一动，心尖更痒。

什么是诱惑？

孟约也不知道，但他知道自己正在沦陷。

（5）

“你去哪里了？”晚会进行了十分钟，孟约才到后台。沈嘉鱼正在侧舞台入迷地看着晚会主持人，“艺术班的路仪，听说准备考中戏北电，真不错。”

“我明天去花城。”

沈嘉鱼转头，脸上掩饰不住的惊讶：“你真去集训队啊？你爸妈都逼你去上托福班了，明显不想让你在国内啊。就算你要上国内的学校，现在还不是都让你选，你何必去集训队啊？”

孟约在想什么，没回他。

礼堂里的灯突然暗了下来，路仪介绍完节目，从台上走下来，目光看到了孟约，眼眸亮了。

沈嘉鱼泄了气，推了一把身边的孟约：“唉，有你在身边，我这辈子都引起不了女孩的注意。”

同一时间，许稚正站在化妆间的镜子前，看着自己。

左看看，右看看，过了两秒，她耷拉着脑袋，自我否定：“是不是因为最近老下雨，所以我都变得不好看了。”

张静路过正好听见了，手下不留情地拍了下她脑袋，将手机塞给她：“长荣女神，你的偷拍照朋友圈都转疯了。你说这些话，会让我控制不住想揍你，觉得你是故意在炫耀。”

许稚看着屏幕上，果然很多男生都在转发，但孟约没转发呀，不仅没转发，看见她都没表现出惊艳。

“我一定没有魅力了。”

张静：“……”

闹哄哄的许稚她们终于要上台了，也不知道节目单怎么排的，孟约他们班的话剧，就在她后面。

许稚在候场的时候，还在不高兴。她和容茸抱怨：“我辛辛苦苦练了两个星期，孟约都看不见我的柔软身姿，这不白练了吗？”

容茸正在回忆舞步，被她一打岔，又忘了一拍：“咱能不要一天天只想着孟约吗？”

“那想什么呀？

“你可是领舞，你都记牢了没？”

许稚鼓了下嘴巴：“早记牢了。”她现在祈祷着，台下能有人录视频，她好分享给孟约看。

音乐声响了，台下坐着上千人，模模糊糊，都是不认识的面孔。多愁善感的许稚十分尽职地将舞跳完，下台时，正面碰到了在做准备的高二（1）班。不知哪个男生叫了下她名字，她下意识地抬头。就像老电影里演的那样，昏暗中，世间万物都成了陪衬，她眼里只看到孟约。

他换了演出服，瘦高挺拔的身姿将西装衬得挺括。四周嘈杂，但许稚还能听到自己的心跳，扑通扑通。她想孟约这人生来就是来吸引她的，不然他的眼睛，他的鼻子，他的鼻息，他的所有为什么都是照着她的喜好长的。

在最接近孟约的那瞬间，许稚趁着昏暗，偷偷摸摸捏住他的胳膊，超级小声地说：“好帅。”

孟约脚步一顿，猛地抓住她。他眼睛很亮，捉住了她眼眸里藏得很深的小秘密。

旁边有人发现了他们的异常："许稚，你在干吗？"

她着急地想收回自己的手，用气声开始求饶："孟约哥……"

舞台上已经报幕结束，演员开始上台，孟约目光很淡，她头顶似乎有一声很轻的笑，但只有一个音符。许稚心跳难挨，突然他手忽然很重地捏了她一下："叫哥干吗？"

"啊？"

孟约又笑："叫得倒是甜。"

许稚脸更烫，他们俩磨蹭的时间太长，被人发现不对劲。

"孟约，你和许稚在干什么呀？"他们班男生在起哄。

孟约不着痕迹地松开了她的手，神色未变地走了。

容茸从前面走回来，看着她："怎么了吗？"

许稚摇摇头，可心都要跳出来了。

刚刚，他……他说："你就是喜欢我吧，一直都在故意引起我的注意。"

喘息和呼吸像是还贴在耳边，他声音很凉，语气很冰，可偏偏就能让她整个人都烧起来。

容茸看着许稚的脸肉眼可见地变红，像煮熟的虾子。

"怎么了吗？"

"他知道了，他都知道了。"

"知道什么了呀？"

许稚捂着脸，趴在墙上，很崩溃："知道我喜欢他了。"

（6）

许稚挺崩溃的，晚上没上自习，她早早就回家，趴在床上和两只狗互诉衷肠。

“你们俩也都成年了，是不是也想谈恋爱啊？”她忽然想到孟约也养了一只狗，她对比了下别人家的边牧和自己家的马尔济斯的体形，又叹了口气，“你们俩也太不争气了，长这么小，很难找对象的。”

妞妞和点点似乎被说找不到对象，还不高兴地叫了下。

孟约正整理行李，沈嘉鱼在跟他打电话：“你去多久啊？”

“一个月。”孟约打开书包，在第二个夹层里看见了两张卷子。

沈嘉鱼突然看到什么，笑了起来：“刚刚许稚给我发微信，挺逗的，说她卷子在你那儿，让我帮忙拿一下。”

孟约拿出卷子看了看，眉头慢慢皱了起来。

“你说她卷子怎么会在你那儿？”沈嘉鱼想到什么，故意说，“你看到朋友圈许稚跳舞那视频没？校内都转疯了，一群男的在下面说许稚是小仙女下凡呢。”

试卷上空白很多，就算是写了的题正确率也不高。

沈嘉鱼在那边说了半天，才发现孟约一直没搭理他。

“你怎么想的啊？”

“嗯？”

“一个清纯甜美的许稚，一个明艳大气的桑柔，你选哪个啊？”

“挂了。”

孟约拿着手机坐了下来，将错题都画了出来，还拿着铅笔写了解析。每隔几分钟，他看一眼手机。晚上在学校，他说那句话有些急了，小姑娘估计被吓到了。

他撑着下巴，在等她什么时候主动找他。过了半小时，手机还是很平静，他放下手里的笔，看着手机屏幕，忽然笑了。

“真有骨气啊。”

夜里十一点，突然下起了雨，孟约撑着伞站在校门口，沈嘉鱼避开宿管阿姨和巡逻的保安大叔，从宿舍跑过来。

“我明天早上的飞机，来不及回校，这是许稚的卷子。”孟约将试卷放在塑料文件夹里递给他。

沈嘉鱼无语地接过卷子：“有必要非要大晚上送来。”他还就想不通了，“她卷子怎么会在你那儿啊？”

孟约嘴角有个很淡的笑容:“我怎么知道？”他低头看了眼时间，“我走了。”

沈嘉鱼回到宿舍很好奇地将文件夹打开看了眼：“哦，我看到了什么！”

本来用铅笔写在卷子上的错题，被孟约擦了，他将所有解析写到了A4上。字迹很工整，一点儿都不像他平时的潦草。而许稚没写完的那些题，也都被填满了，还是模仿的许稚的笔迹。

沈嘉鱼突然有些好奇孟约到底怎么想的，他问舍友：“你觉得孟约是个什么样的人啊？”

“高冷男神，在线冷漠。”

“那你说孟约会喜欢什么样的女孩啊？”

还有一周期中考，舍友从题海里探出头：“你觉得学神的世界里有爱情这么肤浅的东西吗？”

那就对了呀！这就是沈嘉鱼纳闷的点。孟约这个人看似好相处，其实非常冷漠，怎么可能做出默默帮人订正错题这种这么卑微的小事呢。

他手机振动了下，是许稚。

【Fish学长，睡了吗？我卷子的事情搞定了吗？我明天要交(大哭)。】

（7）

第二天，许稚起了个大早，从六点半就开始轰炸沈嘉鱼。

她困得直打哈欠，站在男生宿舍楼楼下，来来往往的男生都在有意无意地看她。两人像地下工作者一样传递了文件，许稚拿到，转身就跑。下了一晚上的雨，地上有许多大大小小的水洼，她不小心踩到，溅到裙子上。

走进班级，已经开始早读，老余和她前后脚到教室，见她神色慌张，还多看了她一眼。

许稚拿出卷子，刚准备转身问容茸要卷子抄，就看见所有的空白都被填满。因为动作太快，文件夹里还飘出两张纸落在脚边。

收作业的谭修路过，帮她捡了起来：“许稚，这是你的补课老师帮你整理的吗？可以借我看看吗？”

许稚连忙抢过来，飞快地看了眼，慌里慌张地拒绝：“不行。”

整个早读，她都心不在焉，思绪怎么都逃不开孟约的气息范围。手下还压着错题解析，刚刚课代表收卷子的时候，她差点儿都舍不得交。

教室外的长廊里，时不时有人走来走去，太阳出来得晚，却格外刺眼。她趴在桌上眯着眼，有点慌张，有点悸动，更多的是说不出的感觉。轻飘飘得像空气中的气泡，她想，一定要将它保护好。

孟约知道她喜欢他。

那她可不可以误会，他也喜欢自己呀？

如果他喜欢她的话，那她就勉为其难承认一下。

早操结束，许稚垂着脑袋东张西望。

容茸最近很是留意篮球校队的程锦和。

“别找孟约了，他去花城数学国家集训队了。”

许稚转头瞪她：“我都不知道，你怎么知道的？”

容茸无辜地打开微博：“他自己发的。”

许稚一下子像被霜打的茄子，连忙去关注了孟约，关注完，等了好久，孟约都没关注她。

难道是他没空玩手机吗？还是他没发现她关注他了？许稚看着头像上自己的照片，用手指戳了戳：“坏。”

就这样闷闷不乐了一上午，下午顾一翎来找她都爱搭不理的。

“马上就要期中考试了，这周六我们一起复习好不好？”自从上次告白失败后，顾一翎就很少来找许稚了。因为校庆那段舞蹈，许稚又成为长荣头条，让他危机感特别重。

许稚皱着眉不想去，顾一翎转着眼睛，看向容茸，突然说：“程锦和也去。”

容茸立马回答：“去，我和许稚都去。”

许稚看了眼容茸，容茸和她咬耳朵：“你忘记你要考菁华大学了吗？”

许稚撇着嘴：“可你们成绩都没我好，和你们一起补课也没用啊。”

容茸：“……”

顾一翎：“……”

可能是许稚的这句话打击到了顾一翎，周六许稚和容茸到约定好的甜品店时发现，班长谭修、程锦和与二班的桑柔都在。一屋子人大眼瞪小眼，容茸觉得顾一翎真的蠢。

“你这辈子都别想获得许稚的青睐了。”

顾一翎不知所以地瞪了她一眼。

许稚不情不愿地坐下来，铺开卷子就开始写。

桑柔真的是不省心，故意凑过来问：“许稚，听说你英语怎么考都不及格呀？”

许稚抿着唇，战斗力格外强：“反正总分比你高就行了。”

桑柔消停了。中途沈嘉鱼不知道从哪里知道他们在这儿，也跑了过来。桑柔叽叽喳喳在和他说话，话题故意围绕着孟约。

“沈嘉鱼，孟约有喜欢的女生吗？”

“我怎么知道？”

桑柔可爱地笑了下：“你怎么会不知道呢？那你知道孟约喜欢什么样的吗？就是类型。”

沈嘉鱼从手机游戏里分出一只手指向许稚：“喏。”

“那是谣言。”桑柔连忙反驳，她还扯了下许稚的手臂，“你是当事人，你说说呢？”

许稚厚着脸皮，理所当然地回答：“他就是喜欢我呀。”说完，她忍不住跑去店外。

阳光有些刺眼，许稚鬼迷心窍地就按下了孟约的通话。她心里很烦躁，觉得这一切就是孟约的错，世界这么大，诱惑这么多，他还一点儿都不安分。

过了好一会儿，那边才接起来。

她小小松了口气，下一秒，因为他的声音心又悬了起来。

“孟约。”

“嗯。”

“你在忙吗？”她听说集训队的课程特别重，有刷不完的题。

“忙。”他声音有点哑，感觉很疲惫。

许稚心头突然涩涩的，苏城距离花城大约有一千五百公里，只是几天没有见，她都觉得思念很重，看不见他的日子格外难挨。万一，如果以后他不去菁华大学，去了国外的名校，在神不知鬼不觉的情况下，交了个金发碧眼的美女，她要怎么办？

小姑娘的声音立马又急了起来：“孟约，你不准早恋。”

对方沉默了片刻。

她没听到回复，咽了咽口水，小心翼翼地问：“你已经有喜欢的人了吗？”

那头好像有人在叫孟约的名字，他含糊地应了一声，似乎走到了更安静点的地方：“你脑子里是不是只有恋爱？”

“不是。”

“嗯？”

“还有你。”说话的速度比脑子还快，许稚差点儿咬到舌头，慌慌张张地想解释什么，等她想胡乱说些什么时，发现他已经挂了。

完了完了，孟约一定觉得她是个脑子里只知道恋爱的白痴了。

（8）

这次期中考试，许稚异常认真，名次前进了一百名。开家长会时，曹女士还受到了重点表扬。而考得好的奖励就是，许稚可以欢欢喜喜度过五一小长假。

晚上，她遛狗时，接到了沈嘉鱼的电话。

“孟约出事了。”

沈嘉鱼打这通电话来的时候，长荣已经闹翻天了。王琴先是接到集训队电话，说孟约因为打架斗殴可能要被集训队开除，而且对方还向她暗示孟约可能谈恋爱了。

王琴说了半天，才勉强将开除这事按了下来。她先找沈嘉鱼了解了下，孟约谈恋爱的可能性有多大。沈嘉鱼当然说绝对不可能啊，转头却将电话打给了许稚。

许稚牵着狗，愣在原地，怯怯地问：“孟约，真的有女朋友了吗？”

“现在的重点是孟约要被集训队开除。”沈嘉鱼停顿了下，“许稚，如果他真的被集训队开除了，他就参加不了7月的国际数学奥林匹克竞赛。你知道他有多爱数学吗？去年CMO那么多人参赛，他是唯一的满分。”

许稚有些慌了：“那你找我干什么？”

沈嘉鱼沉默了几秒，啧了一声：“也是，我打给你干吗？”说完，他就将电话给挂了。

许稚在原地站了五分钟，打开班级群，果然孟约的事情已经传开了，还有几个女生还在吃醋羡慕着——

“听说孟约是为了集训队的一个女生打架的。”

“孟约不会喜欢她吧？”

“不要啊啊啊，我情愿孟约和许稚在一起，好歹内部解决，我也不愿意他被外校的女生抢走。”

有人神通广大地去翻了整个集训队的名单，然后将几个女孩子的照片都找了出来，一个个猜。

最终定格在附二的一个叫乐音的女孩身上，南城中考状元，数学竞赛一等奖，钢琴十级。

容茸在和许稚私聊：“小稚子，你还好吗？”

许稚一点儿都不好，她跑回家，和曹女士说想去花城找堂哥玩。

她和堂哥之间关系本就不错，曹女士也没多想，给她订了第二天的机票。

许稚收拾完行李，躺在床上，眼泪啪嗒啪嗒往下掉。她哑着嗓子和容茸在哭诉：“我真的好难受啊。”

“别难受啦。我看了照片，乐音没你好看。”

许稚吸了吸鼻子，哭势不减：“我感觉我真的配不上孟约，呜呜呜呜呜……为什么他这么优秀？”

人和人之间总是有差距，在许稚心里，孟约的班级在五楼，她的班级在二楼是差距；他次次考第一稳坐冠军，而她永远在下面仰望，也是差距。而现在突然出现一个人，可以和他并肩，和他一起在他擅长喜欢的领域里携手同行，让她嫉妒都嫉妒不起来了。

小姑娘哭了一夜，一大早还起来赶了飞机。少女的敏感心思，喜欢的人总比天大，再难过也希望他好。

许景在花城上大学，今年大三，今天一早接到电话听说许稚要来花城玩。他当时正在实验室里，手忙脚乱就往机场赶。

小姑娘早就到了，穿着件宽松的嫩绿色卫衣，仰头看他的时候，眼尾红红，他一下子就愧疚起来。

“小稚子，对不起啊，路上堵车，哥哥真的不是故意迟到的。”

许稚是整个家族里年纪最小的，再加上上面几个都是哥哥，平日里大家都对她很宠。

许景推着她的行李箱，带她上车。他最近在忙课题，五一这几天怕是都抽不出空来陪她。

“小稚子，晚上怕不怕，哥哥一会儿在你酒店房间旁边也订一间房陪你好不好？”

许稚摇摇头，声音软软小小地说：“不用了，我有同学在花城，就在华附，我和他玩就行了。哥哥你忙就不用陪我了。”

华附是名校，许景稍稍放了点心。许景也真的很忙，将她送到酒店，就往学校赶，还不忘嘱咐她：“有事一定要给哥哥打电话，听见了吗？”

“知道啦。”

他刚走，许稚就带上自己的所有积蓄，拦了出租车往华附去。

这是许稚长这么大，第一次一个人出这么远的远门，也是第一次一个人坐飞机。她心扑通扑通跳个不停，看着手机屏幕上孟约的号码，不知该打不该打。

司机大叔从后视镜里看她："小姑娘也是集训队的吗？"

"啊？"

"华附都放假了，现在去的都是集训队的。"司机大叔似乎认定了她是学霸，一直在说华附这个学校有多厉害，集训队的学生又有多牛。

终于到了。

许稚站在校门口，进不去。5 月的花城又落雨又闷热，天色慢慢沉了下来，她没带伞找个屋檐蹲下。容茸给她发了好多信息，她来不及看。

【许稚：我在花城。】

【容茸：你疯啦？】

【许稚：我是来找我哥玩的，和孟约没关系。】

【容茸：你当我傻啊。】

许稚闷着头，今天是五一劳动节，法定节假日，连高三都不上课。透过门缝看到校园空荡荡的，她甚至在想，或许孟约也出去玩了吧，是不是和那个叫乐音的女孩在一起呢？

雨下得更大了些，卫衣湿嗒嗒地黏在身上，她偶然抬头突然怔住。

真的只是匆匆一眼，孟约走在人群的最后面，撑着一把黑色的伞，身边有个穿着白色连衣裙的女孩。

远处有车灯闪烁，一半光圈一半阴影中，许稚看见了他眼中闪过的不可置信。

下一秒，她捏在手中的手机开始振动。

屏幕上，闪烁着孟约的名字。

许稚突然不想接，没有什么比亲眼看到他们站在一起，撑着同一把伞更让她难过。

校门被打开，孟约跑过来，直接将许稚扯起来。

下个瞬间，他带着怒气的声音铺天盖地而来："你怎么来了？"

空气很热，她手心不知是汗还是雨水，特别湿。一颗心七上八下的，始终平静不下来。她定定地看着眼前的孟约，白色的长袖，黑色的五分裤，空气中有只属于他的味道。

"我……我……"她艰难地咽了下口水，进度条似乎还停留在那通没打完的通话里，"我不早恋。"

他皱着眉，脸色很不好："你专门来告诉我这个的？"

"不是。"许稚突然哭了，"我期中考进步了一百名呢。"

孟约眸色变得奇怪起来："嗯？"

她哭得更伤心，声音哽咽，断断续续似乎有说不尽的委屈："我……在好好学习，你……你别谈恋爱。"

毫不相干的两件事，孟约居然笑了。

许稚胆大妄为地继续任性："你……你也别喜欢别人。"

（9）

酒店孟约的房间里，许稚正在洗澡，孟约和乐音还有几个集训队的同学在隔壁房间。

"孟约，那是谁啊？"有个八卦的男同学问，"够漂亮的。"

乐音偷偷观察着孟约，从半小时前，孟约就一直皱着眉，似乎很不高兴。

孟约没回答这个问题，正在看外卖："你们去吃吧，我不去了。"

男同学发出了然的笑："哎哟，放假了女孩专门来看你，是不是很激动啊？"

乐音没忍住："行了，别乱说了。"

"我说错了吗？"

……

五分钟后，他们终于吵吵闹闹出了门。

等外卖的时候，孟约给沈嘉鱼打了个电话。

"你说许稚去花城了？我就打了个电话，她这么猛？"

孟约的眉头皱起："你又乱说什么话了？"

沈嘉鱼把和许稚说的话重复了一遍，然后挤对他："听说你冲冠一怒为乐音，真的假的啊？"

"假的。"手机振动了下，孟约看了下，是许稚洗好澡了，给他发的短信，"挂了。"

"别挂啊，你打算怎么办啊？"

孟约没说话，窗外气势汹汹的那场雨，已经停了。太阳不知何时又冒了出来，叶子被洗刷得翠绿，少女那双哭得通红的眼睛，出现在眼前。

她在雨里羞怯地看着他，细小的身体，微微发抖，却勇敢地拉着他，说着断断续续的话。

从来都不慌不乱、镇定自若的孟约，突然有些手忙脚乱，像是早就规划的人生，被谁打破了平衡。

"许稚啊……"

“许稚。”

许稚穿着孟约的衣服，打开房间的门。她头发没擦干，转身的时候，有水滴落在他身上，还有些温热。

孟约有瞬间微怔。

她睁大眼睛，脸颊被热气氲得粉红，心虚地解释：“我来找我哥哥的，知道你在花城，就顺便来看看你。”她攥了下手指，“毕竟我们也是同学，对不对？”

他低头看了她一眼。酒店是集训队统一订的，孟约补了差价，一个人住。房间并不大，这个季节最潮，空气里除了空调的味道，还有些霉味。她不敢抬头看他，总觉得自己脑子坏了，才不管不顾地跑过来，万一……

难挨的安静中，他说：“我没有谈恋爱。”

“啊？”她下意识地抬头。

孟约抿了下唇，漆黑的眼眸里，有她看不懂的东西，她从里面看到自己，后知后觉地明白，他在说乐音的事情。

“那你还帮她打架。”甚至为了她差点儿被集训队开除。

“她在外面被人抢劫，我总不能见死不救吧。”他声音有些低，许稚还听出了点无奈的感觉。

小女孩的心思藏不住，对方只是说了两句话，刚刚还沉落在海底的心又跳跃起来。

“那你喜欢她吗？”

“不喜欢。”

许稚笑了，她低头看着身上的长袖T恤。孟约很高，他的衣服穿在她身上，正好到膝盖。细细闻的话，还有他特有的冰凉薄荷味。不知是不是酒店里的冷气不好，她全身都热热的，心更为滚烫，然后耳尖、脖子、脸颊……都绯红起来。

许稚偷偷看他，从眼睛到鼻子，从锁骨到手臂……她想离他再近点。

少年看了她一眼，见她满脸通红，问："怎么了？"

许稚囫囵地摇头，心里想怎么能告诉你呢。

安静了几分钟，许稚忽然没头没尾地说："那这次就勉强原谅你了。"

孟约看着手机，嘴角勾了下，然后说："随便你。"

（10）

"你吃饭，吃完我送你回去。"

孟约点了几个清淡的粥和点心，许稚咬着筷子偷偷看他："我不能留下来吗？"

他动作停了下来，低眸看她。

"我哥哥很忙……我一个人在酒店……"她声音更轻了些，睫毛因为紧张而不停地轻眨，"我害怕。"

她看了看房间里的两张床。

"你不是一个人住吗？我保证不会对你做什么的！"她举起四根手指，单纯无辜地对着他发誓。

孟约不说话。

气氛又安静起来。

她牙齿细细地咬着唇，一抬头就撞进他的眼眸里，心差点儿跳出来。

“不……不行吗？”

“不行。”他拆着一次性的餐具包装袋，一点儿机会都不给她，“想都不要想。”

许稚叹气：“你怎么这样啊？”

他缓缓看向她。

他们俩本就离得很近，窝在一张很小的圆桌上吃饭，动作稍微不注意都能碰到对方。他喉结微动：“这次英语考了多少？”

“80分。”

“120分的卷子你考80分？”

“及格了的。”

孟约又不说话了。

许稚觉得他可能生气了，可又觉得他这样不好。

“有没有人说你很喜欢冷战？”

他看向她的眼睛，许稚弯着眼睛，笑嘻嘻地说：“你这样以后夫妻相处很容易出问题的，情感关系里，冷暴力是最糟糕的。”

“嗯？”

她夹了个虾饺：“你不能仗着你长得帅就为所欲为，毕竟你就算长得再好看，时间长了也会看腻的。”

孟约放下筷子：“腻？”

“对呀。”她吞下虾饺，空了一天的胃，终于舒服起来，再抬头，发现那个人近在眼前，近到好像睫毛都能蹭到他的肌肤……

“那怎么办？”他声音很低，仿佛只有呼吸。

许稚怔怔看着他，想后退又退不了，心跳仿佛都听不见，只有眼前这个杀伤力极大的人。怎么会有这么好看的人，头发被水汽压得有些塌，眼睛到眼尾才开了个小小的叉……更要命的是，他的体温和他的气息肆意发散。她咬住嘴唇，怕自己没出息尖叫出声。

“女生都是不讲道理的，只要哄哄她，没什么解决不了的。”说话间，两人的距离越来越近。

突然，一米之外，正在充电的许稚的手机振动起来。

孟约和许稚对视一眼。

许稚连忙接起电话。

“喂。”

“哥哥，我在和同学一起吃饭。”

“嗯，我吃完饭就回酒店，你不要担心。”

“好，拜拜。”

挂了电话，她看向孟约。

他镇定得像什么都没发生一样在喝粥。

许稚坐下来，好像才想起来正事一样：“集训队那边怎么办？”

“没事。”

“真的没事吗？”她真的担心。

他笑起来，没了中午时在校门口的眉眼忧愁：“当然。”

晚上七点，孟约就将许稚送回酒店。

许稚不满意地看着他，却没撒娇成功。她无所事事地躺在床上刷着消息，到了晚上十点，她开始害怕了。

她胆小，怕黑、怕鬼，更怕人，在床上翻来覆去睡不着。

她给孟约发微信。

【许稚：我睡不着。】

等了五分钟，孟约居然没回！

许稚开始绝望地数羊，又过了五分钟，视频通话的声音响了起来——是孟约！

许稚手忙脚乱地照了下镜子，才按了同意。视频的另一边的孟约似乎才洗过澡，头发还是湿的。

他将手机放在一边，眯着眼看了眼："害怕？"

"嗯。"

孟约擦完头发，拿着手机躺到了床上："那今晚视频就不关，你害怕就叫一声。"

许稚愣了下，下一秒捂着被子偷偷笑，嘴巴都要咧到耳根。她将要和孟约视频通话一整晚……那是不是孟约睡觉什么样她都能看见？

"那你可不可以不关灯，我想看着你。"

他皱了下眉，许稚看着他为难，刚想说算了，就见他点了下头。

许稚心里更甜，她将音量开到最大，哪怕孟约那边的一点点声响都不能放过。

此刻的许稚只觉得自己被幸福包围。

很多年后，她才知道，孟约的睡眠质量很不好，有一点儿光亮都睡不着。

那一夜，她离家千里，胆小娇气，而他就在屏幕的另一边，一夜未眠。

送许稚回酒店后，王琴给孟约打了个电话，说了很多，一半都是让他不要在这种关键时候谈恋爱什么的。

“孟约，老师知道你是个聪明的孩子，你知道什么时候做什么样的事情。这次集训队的事情，我听说了，你做得对。学校这边会努力沟通，不会让你开除的。但是……你今年才十七岁，你知道老师这么说为什么吧？”

孟约没说话。

王琴叹息一声：“现在的喜欢都不算数，以后世界很大，遇到的人更多，你会后悔的。”

回想着老师的话，孟约看着屏幕里少女的睡颜，静静地在想，她会不会后悔。

少女翻了个身，嘴巴吧唧了一下。

他想在女孩的枕头下放一颗糖，让她整个梦都是甜的。

# 第三章

## 喜欢啊，是千万人里再也装不下其他 //



（1）

“你别喜欢我了。”

“为什么？”

五一之后的开学第一天，许稚趁着大课间找来顾一翎，和他说清楚。

“我想考菁华大学。”

顾一翎沉默了几秒，觉得自己又被鄙视了。他不甘心地说：“我也能考菁华大学，我和你一起。考上了，我们就在一起。”

许稚本来想说你也考不上，但她觉得挺伤人的。她看了他一眼：“哦，随便你吧。我先回去了，下节课要默单词。”

许稚比顾一翎先回班级，上课铃还没打，容茸凑上来：“你听说了没，班长和一个女孩被逮住了？”

“啊？”许稚看向谭修的位置，发现人果然不在，“真的假的？和谁呀？”

“桑柔。”容茸神神秘秘，“好像是五一放假的时候，两人在一起正好被班主任撞上了。太惨了，你看这不刚刚就被叫去办公室了。”

“桑柔？”许稚以为自己听错了，“她不是喜欢孟约的吗？”

“我怀疑她有学霸情结，所以与孟约不成就转战谭修。但是谭修惨了，现在在竞赛关头上，数学老师怎么可能放过他。”容茸看见顾一翎走进教室，“顾一翎垂头丧气的，你是不是跟他说什么了？”

许稚“嗯”了一声，摊开英语书，有些心神不宁。容茸还在问她去花城有没有发生什么事情。

上课铃响了，老余和谭修一起走进教室，许稚看见谭修的脸色比往日白了不少。

下课时，她借着问问题，主动找谭修说话：“你们俩……是真的吗？”

谭修眼里闪过一丝莫名，下一秒点了下头，表情更难过了些。

许稚捏着笔，还是很震惊：“她真的喜欢你吗？”

谭修点点头：“真的。”

“那你们现在怎么办？”

谭修摇摇头：“许稚，我们还太小了，距离高考还有两年呢。我不知道她能喜欢我多久，也不知道我能喜欢她多久。我想了一节课，现在是很重要，但未来更重要，喜欢不一定非要在一起。如果两年后我们还喜欢，那再在一起也不迟啊。”

许稚若有所思：“忍得住吗？”

谭修看向她：“那总比现在粉身碎骨的强吧。”学霸为了找说服她的论据，还借用了一句网络名句，“爱是克制，喜欢是放肆。”

许稚似懂非懂，在座位上思考了一下午。

晚自习之前，她还不小心看见谭修和桑柔在走廊的角落里讲悄悄话。

容茸挽着她的胳膊，在和程锦和微信聊天。

没一会儿，桑柔红着眼跑出来。

过了一分钟，谭修也走回来，神情有些萎靡。

第三节晚自习的时候，桑柔的妈妈来到学校。桑母先是骂了桑柔，又到一班来骂谭修。闹得天翻地覆，最后在两个班主任合力下，才将她拉到教师办公室。

许稚偷偷给曹女士发了条微信。

【许稚：妈，如果我想早恋怎么办？】

曹女士很快回了过来。

【曹女士：打断你的腿。你干吗这么问，是不是有苗头了？】

【许稚：没有，我有感而发，瞎问问。】

晚上睡觉时，她难得失眠，脑子里都是今天发生的事情。

十几岁喜欢的人，真的不会永远吗？

许稚又想起在花城时，她一共在花城待了三天，他们集训队只放一天假。她第二天和保安大叔磨了好久才放她进去，她就偷偷藏在教室外看孟约，可不小心还是被集训队的老师抓到。在所有人八卦的眼神中，孟约从座位上站起来认领了她。

虽然很不好意思，但那一刻，她觉得自己很像电视剧里的女主角。

他问："你作业带了吗？"

她摇头，她做完才来的。

孟约皱起眉，从桌上拿了几张卷子："你做做看，下课我带你去吃饭。"

她听话地接过，就趴在教室最后排的座位上，很乖地做题。她数学不差，甚至来说是优势，但面对变态的竞赛题还是无从下手，一个上午居然就做了两道题。她抬头看向前面的孟约，他做题的速度很快，讨论时，总能用最快和最简单的方法找到核心。

许稚撑着下巴，目光有些贪婪，头顶的冷气徐徐吹着她燥热的心。这一刻，是她第一次真实地感受到她和孟约的差距。

她问过孟约为什么喜欢数学。他说："数学是工具，为了以后能学好自己喜欢的，所以必须学好数学。"

那她呢？

肩膀突然被人拍了下，她侧头看过去，是乐音。

乐音看起来很文气，标准的女学霸长相，但很自信，这种自信让她美丽。

许稚偷偷观察着她，悄悄和自己对比，最后发现自己居然不能与之匹敌。

乐音："题难吗？"

"好难，我都不会。"

乐音看了看她的卷子："你做对一题，还有一题最后两步出了问题，这种水平已经很可以了。"她看向许稚，声音很温柔，"毕竟这是竞赛题，普通人做起来是很有难度的。"

许稚听出她的意思，微不可察地点了点头。

"孟约是我们里面最聪明的，如果不够优秀，肯定配不上他吧。"

这话，许稚很赞同。她像小鸡啄米一样点着头，所以她一定要努力，努力配得上孟约，成为和他一起分享荣耀的人。

（2）

虽然期中考试才过去没几天，但他们已经投入了期末考试的准备中。高一下学期的这次期末考，是市范围内的大统考。成绩和排名很重要，关系到高二的分班。紧张的期末复习中，还发生了一件狗血的事情。

中午在食堂吃饭，许稚一边背单词，一边吃饭，容茸受不住："还有两年才高考呢，你急什么呀？"

许稚摇摇头："不行，一寸光阴一寸金，我不能浪费。"

隔壁桌的人，时不时地看过来，然后窃窃私语。

容茸咬了下筷子："你最近没听到什么传闻？"

"没有，我一心只读圣贤书。"

"我就和你说一声，传得蛮广的，我今天上午在卫生间都听见有人在讨论，说你和顾一翎在一起了。"

许稚以为自己听错了，沉默了几秒："不会是顾一翎自己传的吧？"

说话间，顾一翎端着餐盘往这边走来，容茸觉得也有可能："那你打算怎么办啊？"

许稚翻着单词本，不当一回事："没事吧，我又不瞎，放着孟约不要，和顾一翎在一起。"

刚打算坐下来的顾一翎："……"

容茸想了想觉得也是："你说得对。"

顾一翎："？？？"

本以为这事就像一阵风似的在枯燥的高中校园传过一阵就散了，没想到却越演越烈，有鼻子有眼地传到了许稚的班主任姚卫卫耳朵里。

“老师，我和顾一翎真没什么，我看不上他的。”许稚烦躁地解释。

姚卫卫才不管她，正在突破顾一翎：“你和老师说，你喜不喜欢许稚？”

顾一翎虽然又皮又闹，成绩一般，但也是个老实人，被姚卫卫精明的眼睛一扫，耳朵就红了。

洞庭湖老麻雀姚卫卫什么人，这一个反应，就认定了他们俩有问题。

许稚都快冤死了：“姚老师，顾一翎他就算喜欢我，也勉强算单恋。”

“你还懂得挺多。行了，我也不跟你们俩扯了，明天下午让你们俩的家长都来一趟。”说完姚卫卫就将他们俩轰出了办公室。

许稚气鼓鼓地瞪着顾一翎：“都怪你，没事瞎传什么。”

顾一翎无辜：“真不是我传的。”

许稚眼珠子转了转：“真的不是你求爱不得想用舆论来迫于我同意？”

他摇了摇头。

许稚盯着他，想了想，觉得顾一翎好像确实没那脑子。

容茸在教室门口等许稚：“怎么说？”

“请家长。”

容茸瞪大眼睛：“不是吧，姚卫卫疯了吧，你们俩又不是真在一起。”

顾一翎低头看着许稚：“不如我们假戏真做怎么样？”

“你想得美。”许稚踢了他一脚。

孟约晚上七点到达苏城，沈嘉鱼在机场接他。

“和你说个最新八卦，许稚疑似早恋被请家长了。”沈嘉鱼刚得到消息，乐得哈哈直笑，还不忘观察孟约的表情，“怎么样？有没有种后院着火的感觉？”

孟约动作一顿，面无表情地扫了他一眼。

“顾一翎，你知道吧，就他。”

孟约想起了很久以前，在新东方的角落里向许稚告白的男生，记忆里许稚好像不太喜欢他。

孟约皱着眉，像在思考什么。

而一边的沈嘉鱼像发现什么新大陆一样：“喂喂，我居然有一天能在孟约你脸上看到这种表情。哈哈哈哈哈哈，慌了吧？”

“滚。”

沈嘉鱼一点儿也不生气，钩着孟约的脖子：“放心吧，都说了疑似，估计就是他们班主任反应过度，人家小姑娘心还在你这里的。”

另一边的许稚就没那么开心了，她亦步亦趋地跟着曹女士，非常主动地在干家务。曹女士觉得她今晚不正常：“做错事了？”

许稚点了下头又立马摇头，她犹犹豫豫了半天，才说出口：“老师要请家长。”

曹女士放下手里的碗：“怎么了？”

许稚盯着脚尖，自己也觉得委屈：“就是我魅力太大了，别人喜欢我，老师非觉得我早恋，要请家长。”

他们家平日里气氛很好，但这种时候，她还是有点害怕的。

许稚小心翼翼，怕妈妈训斥自己，也怕妈妈不相信自己。

“妈，我真的没早恋，我就算要早恋，也不会眼光这么差看上顾一翎的。”

曹丽雅笑出声，摸了下许稚的脑袋：“好了，妈妈相信你。”

第二天下午，许稚领着曹丽雅来到姚卫卫的办公室。她乖巧地站在一边，听着老师说话。来来去去都是老一套，她有些无聊，眼睛东张西望，忽然看见了一个熟悉的身影。

他穿着长荣的校服白衬衫，今天太阳有点大，光线将衬衫照得有些半透，许稚受蛊惑似的就这么看他。

孟约出现了。

他从花城回来了。

初夏的天，空气热得发烫，掌心很热，指尖发麻，她拽着衣角，忍住冲过去的冲动。

姚老师突然叫到她，她反应缓慢地看过去。就在这瞬间，曹丽雅看到了什么，顺着她视线看了过去。

“期末好好考，高二分班很重要，想好选文选理了没有？”

许稚控制着剧烈的心跳，然后轻轻笑：“我想选理科。”

曹丽雅问：“外面那个男孩是谁呀？”

姚老师没发现什么特别的：“孟约，我们学校最聪明的学生。”

曹丽雅眼神一淡，目光落在许稚身上。

曹女士什么都没说，就从学校走了。

许稚从办公室出来，就跑去高二(1)班门口。她原本不想这么冲动的，但真的太久没见他了。

“孟约！”

他眯着眼看了她一眼，缓缓从教室里走出来。

她高兴得眼睛都亮了，笑着仰头看他：“你什么时候回来的呀？集训怎么样啊？”

“许稚。”他叫她。

天太热了，他的衬衫扣子还剩了两颗没扣，让她看到了他的喉结和锁骨，她心尖突然有些痒。

“上课了。”

铃声很响，像闷声打在她心上。少女的脸又红了，匆匆要走的时候，又回过头来猛地拉了下他的手。

“我会追上你的脚步的。”

她说得很快，下一秒就飞快逃跑。

过了两秒，孟约才勾唇笑。

沈嘉鱼神出鬼没地凑过来：“你知道你现在像什么吗？”

“嗯？”

“村头做理发的二傻子。”

“……”

（3）

晚上九点五十分，长荣晚自习下课。曹丽雅站在校门口，在等许稚。她今年四十五岁，是大学教授，算是高知女性。但她对于女儿早恋这件事还是很紧张，下午的匆忙一瞥，她看见了许稚眼里的迷恋和崇拜。

还有半个月左右就要期末考了，她想了很多，要怎么将萌芽扼杀在摇篮里。

长廊里，许稚跟在孟约身旁，她在叽叽喳喳地和他说这几天学校里发生的新鲜事。

孟约耐心地听着，偶尔目光看向她。

“桑柔好像下学期就转学了，她妈太冲动了，怎么能到学校来闹呢？”许稚其实觉得桑柔和谭修不会耽误学习，说不定有了学霸的耳提面命，桑柔的成绩还能提高呢。她讲话时不看路，摇摇晃晃地就要撞上前面的人。孟约突然拉住她，她愣了下，下一秒嘻嘻笑开。

她在心里细细数着，他这是第几次和她接触，转身就看见了曹丽雅。

许稚怔在原地。

孟约奇怪地看过来，后知后觉地看向她视线的方向。

“妈妈。”许稚喊了一声。

孟约脚步顿了下，礼貌地开口：“阿姨好。”

曹丽雅将许稚带走，一路上一言不发。许稚紧张地攥着手，她不知道曹丽雅刚刚看到多少，但妈妈居然来接自己，肯定是怀疑了。

许稚用余光偷偷看妈妈。

桑柔母亲大闹的那一幕在脑子里重复播放，她突然害怕曹女士也会去学校闹。她没关系，但孟约不行。

“妈，你今天怎么有空来学校接我放学呀？”

“我晚上没事就过来了。”

许稚点点头，低头看手机，最近的聊天列表里，孟约在第一的位置。

她翻了翻聊天记录，心头一酸。

“妈，你相信我没早恋吧？”

曹丽雅侧头看她，沉默了几秒。

许稚狠心将孟约所有的联系方式都删除，只要都删了，就没证据。

这样，妈妈就不会去找孟约麻烦了。

“妈，你要相信我，我最近学习可刻苦了，打算考菁华大学呢。”

曹丽雅一言不发，只是那双看透人心的眼睛，让许稚害怕。

“你确定你妈发现了吗？会不会是你多心啊？”周六容茸来许稚家写作业，她觉得许稚有点小题大做。

许稚做阅读理解，单词都看得懂，连成一句就不知道啥意思。她摇摇头：“你不了解我妈。曹丽雅女士多精明一人啊，她这种反常的反应，肯定是发现了什么。”

许稚虽然没表现出来，但容茸还是感受到了她的难过。

“那你把孟约的联系方式删了，他找过你吗？”

许稚眼睛眨了眨，心口忽然一疼，鼻尖涩涩地摇头。她守了手机一整晚，她想孟约一定会发现她把他删了吧，他会不会生气呀？她很矛盾，想孟约生气，又不想孟约生气。

许稚翻着答案，看着自己十道题错了八道，终于忍不住掉眼泪。

“我也不知道怎么办，我就知道不能被我妈发现。如果发现了，我一定完了，还会带着孟约一起完蛋。可是现在我心好痛啊。”

班长和桑柔的事情还历历在目，许稚胆子小，她自己怎么样都好，但怎么能让孟约受牵连。

十几岁的喜欢，好像除了一腔热血，什么都没有。喜欢的人就在眼前，可就是会有无数阻碍。

她想，自己唯一能做的，就是不让孟约卷入其中，毕竟这都是她一厢情愿。

可是夏夜蝉鸣时，她还是不甘心地看着星星想，孟约真的没有喜欢她吗？哪怕只有一点儿好感都没有吗？

在喜欢这件事上，她就是这么胆小。

（4）

没了许稚的刻意为之，连见到孟约的机会都少了。本来两人就在不同的楼层，偶尔早操时能够看见他的身影，可一闪而过，再去捕捉却什么都不见了。

曹女士坚持每天送许稚上下学，对她的看管一刻都不离。偶然一次，她甚至看到自己的微信和 QQ，曹女士都能登录查看记录。

期末统考时，听说孟约不参加这次考试，全力准备国际数学竞赛。许稚考得还不错，英语依旧拖后腿，暑假时家里人问过她选文选理时，她执着地选择了理科。

曹女士第一次和许稚进行了一次深度的谈心。

曹丽雅向来严厉，只不过她的严厉和寻常人不同，用一种温和的态度，却让许稚没办法反抗。

“你知道或许这个选择会让你改变人生轨迹吗？物理不是你的强项，选文科可以规避掉。

“许稚，你还小，你认为的那些很大的可能性是错觉。

“妈妈不希望你后悔。”

许稚没说话，可怎么都不肯服软。

7 月，出了竞赛结果，孟约个人成绩满分，中国队全员金牌。长荣骄傲得恨不得在校门口贴满横幅，许稚却还在新东方补课，晕晕乎乎地听着外教讲解。

容茸坐在后面，用手机抵了抵她的背。她接过手机看了眼，群里的最新八卦，说孟约和菁华大学签了预录协议。

下课时，容茸钩着许稚的胳膊，在楼下奶茶店买奶茶："这真是我的人生梦想啊，菁华大学抢着要我。"

许稚撇了下嘴，用力吸了口珍珠。她在盘算自己的成绩，开学少了文综那几门拉分，她的成绩怕是被物理和英语拉下不少。

沈嘉鱼带着刚认识的妹子，也来买奶茶，看见了许稚，问："顾一翎呢？"

许稚皱着眉："问我干吗？"

"你不是为了他，放弃孟约了吗？"

许稚瞪大眼睛，不敢置信他的话。

沈嘉鱼付完钱，眼睛珠子转了转："不是啊，那是为什么啊？是嫌弃孟约不会说话，还是嫌弃孟约长得老啊？"

"你才长得老。"许稚拉着容茸就往地铁站走。

容茸才反应过来："他们不会以为你删了孟约的联系方式是因为顾一翎吧？"

今天是周末，地铁满满当当都是人，许稚没能挤上第一趟车，站在那儿对着玻璃发呆。

容茸轻轻推了她一下:“你快解释一下呀,不然孟约误会了怎么办?”

许稚捏着手。轨道里有风，她今天穿着粉色的短裙，裙角飞起，她后知后觉地压住，下一秒急忙抬头：“孟约是不是误会我是朝三暮四的人了?”

“也没那么严重吧。”容茸没经验也拿不准，“我还是觉得你解释一下比较好。”

两人在换乘站分道扬镳。夏天天气古怪，刚刚还艳阳高照，转眼又下起了暴雨。许稚站在地铁口的便利店门口，在想怎么回家。

雨势很大和雨水在地面激起一层白雾，她低着头专注地看着脚边的水洼。

忽然有人叫她，声音冰凉却熟悉。

许稚抬头，迷蒙不清里，孟约撑着伞走到她面前。

“啪……”她刚买的冰可乐，倒在地上，溅了一片。

孟约背对着阴沉的云朵，在漫天的雨帘里，脸上没什么表情，眼神是惯有的淡漠，凝视着她的眼睛。

“听说你是IMO(国际数学奥林匹克竞赛)唯一一个满分,恭喜呀。”她拽着裙边，紧张地开口。

他静静地看着她不说话。

许稚低着头吸了吸鼻子，心头猛跳，有欣喜有害怕有期待，但更多的是委屈。

孟约看着小姑娘的眼睛红了起来，下一秒就哭了出来。

许稚从他的好友列表里消失的时候，他有过预感，校门口的三方见面太过诡异，但哪怕他预感到也没来得及做什么。

那几天他不正常得连沈嘉鱼都发现了。

许稚跑到孟约面前，趁他不防备，抢过他的伞："这样，我们就两不相欠。"

那天以后，他们还会遇见，在新东方的大楼里，偶尔看见他在打喷嚏。

容茸花痴地捧着脸："帅哥就是帅哥，生病都那么惹人怜惜。"

许稚不满："你可怜下失恋的朋友好不好？"

容茸不甘示弱："你那充其量不过是暗恋失败，不足以影响我欣赏帅哥。"

再后来，听说孟约通过了托福考试，以后不会再来这里了。

那天苏城高温，青黑色的路面被烈日烤得滚烫。许稚因为错题被留堂，走的时候，整层楼都空荡荡的。

电梯提示音响起，她抬头，孟约站在两个像保镖一样的人后面，他眼神如第一次见她一般冷漠，连余光都没施舍给她。

她看着他从自己身边走过，目光藏不住，心却沮丧极了。

日子过得很快，新学期开学，高二的学习比高一要繁忙许多，压力也大了许多。许稚通过沈嘉鱼，加了个传说中长荣的理科学霸群，里面有孟约。许稚偶尔会在里面发不懂的题目，但孟约从来都没回她。

寒假的最后一次考试是四市五区的大范围统考，许稚进步到了全校第 30 名，在全市 100 名左右。这个寒假曹女士可能是相信了她会自觉学习，难得没有给她报补习班。

许稚生日是在2月13号，情人节的前一天。曹丽雅给了她一张卡，让她请好朋友吃饭。

许稚选了一家网红西餐店，将容茸、顾一翎、谭修甚至沈嘉鱼都请来了。

晚上，西餐厅变成驻唱的清吧，灯光昏暗，她对着生日蛋糕许愿。

她有三个愿望。

第一个愿望，孟约上菁华大学；第二个愿望，她能考上菁华大学；第三个愿望，孟约喜欢她。

他们都给许稚准备了礼物，而许稚自己偷偷给孟约写了一封信。晚餐结束，她走进一家时光邮箱的店，打算将这封信寄给十年后的孟约。

她有好多话想和孟约说，但最想说的还是——你等等我，迟早有一天，我会站在你身旁。

（5）

寒假的最后几天，曹女士说她要和许先生过一年一度的爱情之旅，为期一个星期。让她乖乖地把家里两只宝贝狗照顾好，回校之前一定要送到宠物店寄养。

许稚再三保证，嘴里还嘀咕："真是狗子比女儿还重要。"

曹女士一只手拉着行李箱，另一只手敲了下许稚的脑袋："那是，狗子给我陪伴和开心，哪像你只会闯祸。"

"哪有。"

他们一走，家里只剩下了许稚和两只狗，她在苦兮兮地补寒假作业。

容茸打来电话求助："你物理卷子做了没？快做，太难了，刘老头疯了吧。”

许稚鼓着嘴巴：“还没，但是刘老头疯了不是一天两天了。”做到一半的时候，她看了眼阳台上的两只狗，它们眼巴巴地看着她，好像饿了。

要不，先喂狗吧。反正还有几天，卷子什么时候不能做。

她谨记着曹女士说的两只狗一定要分开来喂的原则，将妞妞先赶到客厅，然后以迅雷不及掩耳之势关上阳台的玻璃门，心满意足地看着点点先吃饱。

“乖哦，那我再去喂妞妞。”

结果，玻璃门怎么都打不开。许稚微愣，下一秒回想起好像因为她关门的力气太大，锁自动合上了。

……

现在已是晚上九点，手机在餐桌上，许稚和点点被锁在阳台上，而妞妞孤单地趴在客厅，可怜兮兮地看着她。

许稚皱着脸，用力拉了拉，可无论从哪个方向，都无法拉开门。

怎么办？曹女士和许先生现在这个点还在飞机上，他们要出去一个星期。她没有手机，连报警求救电话都打不了，她不会和两只狗困死在家里吧。

越想越凄惨，她蹲在地上，抓着点点的一只脚。点点似乎三脚独立站累了，还踢了她一下，想重获自由。

“不行，必须自救！”许稚拉开阳台的窗户，冷风呼呼地吹了进来，她身上还穿着单薄的睡裙，真的太惨了。

“喂！有人吗？救命啊！我被关起来啦！”

过了两秒，无人吱声，回应她的只有楼上空调运转的声音。

半小时前手机还收到一条天气信息，说今晚有寒流。

许稚哭丧着脸，心里开始着急起来，她趴在护栏上，盯着楼下。

五分钟后，终于看到一对不怕冷的情侣在散步。

“下面的人听得见吗？”许稚大叫。

下面的人愣了下：“是在叫我吗？”

有回应！

“对对对！我把自己锁在阳台上了，没有手机，家里也没人，可以帮我报警或者叫下小区物业吗？”

对方明显被她这一行为蠢哭：“我天，真有人能干出这种事。”

许稚捂脸。

“那我帮你叫物业人员吧。”

“好好，谢谢，我是 8 栋 806 的。”

许稚趴在那儿一动不敢动，生怕错过什么。

大约过了五分钟，来了两个物业工作人员。

冬日昼短夜长，晚上九点天已经黑透了。寒风中，穿着防风服的保安，大喊：“小姑娘，现在你家里没人吗？”

“是的，我手机在客厅，我爸妈出去旅游了。”

小区很安静，许稚能听见，保安手里拿着的对讲机里的声音，他们似乎在找她的物业管家和业主信息。她脑子里出现很多惊悚片里和社会新闻里单身女性遇害的故事，心里突然很害怕。

“小姑娘，你记得什么人的电话吗？我先给他打电话，然后再叫开锁公司好不好？”

许稚鼻尖都被冻红了，她抓着护栏，想了片刻，忽然鬼迷心窍——

“叔叔，我给你个号码，18260××××××。”

“他是谁啊？”

许稚觉得自己脸红了：“啊……我……朋友。”

“他姓什么？”

“孟……”

保安大叔速度很快地给对方打了电话。

许稚蹲下身子，将点点抱到怀里，听着楼下的声音。

“孟先生吗？你朋友把自己锁在阳台了……你到家了吗？她已经被关了很久了。”

阳台上晾着的衣服被风吹来吹去，点点从她怀里跑了出去，她眼睛没有焦点，手里的动作似乎重了点。

突然，有人喊她——

“小姑娘……”

许稚站起来趴在栏杆上。

保安大叔似乎有点沮丧：“你朋友一直不说话，问他在哪里了，他也不说，然后就把电话挂了。”

许稚肩膀塌了下来，心里突然有点沮丧：“哦。”

也是，他怎么会来救她呢？

保安大叔：“那我给你叫开锁公司吧。”

“嗯嗯，谢谢叔叔。”

物业又来了几个人，还在确认她的身份，似乎联系不上业主强行开门是个很为难的事情。

许稚心凉凉的，好像看到自己放在餐桌上的手机屏幕亮了，应该有人在给她打电话。

唉。

忽然不想出去了。

为什么孟约不来呢？

许稚知道自己在做一件危险的事情，好像在悬崖上行走的人。明明只怀了三分期待，但得到答案时又有十分的失望。喜欢一个人真的是好难的一件事情啊。

大嗓门的保安大叔似乎还在讲电话，断断续续的，听不清楚："对，8 栋 806，你朋友把自己锁在阳台了，没带手机也出不来……"

已经过去一个小时了，小区里光线暗淡。她仰着头，深蓝色的夜幕里，有几颗星星十分亮。

突然有人叫她。

"许稚！"

她低头看下去，隔了八楼的距离，看不清他的脸。

孟约看见她，没说话，直接绕到单元楼入口处。在客厅的妞妞一直在叫，玻璃门隔音太好了，她听不见外面的动静。

她想开锁师傅和孟约肯定都在外面，被冻了一个多小时，她突然又不冷了。

她要收回喜欢很难这话，喜欢一个人明明是幸福的事情。

其中喜欢孟约就是全世界最最最幸福的。

孟约第一个走进许家，妞妞见过他，在他脚边蹭来蹭去。他面无表情地打开阳台的玻璃门。

许稚笑着，想说什么缓解下自己做了蠢事的尴尬，还没张口，就被他拽住，下一秒，整个人都被他的衣服包住。

许稚想，孟约原来这么温柔，余光就看见了他微红的耳尖，她终于后知后觉地想了起来——她没穿内衣，而且她穿的还是白色的睡裙，因为屋里开了暖气，很单薄。

呜呜呜呜呜……

“那个……”

物业人员从门外探脑袋进来，孟约又拉住她，让她往自己怀里靠了几分。

“怎么了？”他声音很淡。

物业人员有些尴尬：“锁被砸了，师傅得回去拿锁来装，一来一回大概一个小时。”

孟约手还没松开，许稚迷迷糊糊地分不出心来处理事情，她只知道，她快被他衣服上的薄荷味湮没。

孟约低下头问：“你看什么？”

“你真好看……”

孟约松开了她的手，她猛地反应过来自己刚才说了什么。

“不是不是，就是……”她支支吾吾。

只见他眸子漆黑，表情很淡，头发被寒风吹得有些乱。许稚咬了咬唇，扭扭捏捏却绝不说谎——

“你就是好看。”

“所以，你是为了喂狗，才把自己锁在了阳台？”

“嗯。”许稚捧着一杯热水，点了点头，“是不小心。”

孟约皱着的眉头松开了：“蠢死了。”

啊，哪有。她迫不及待想要反驳，但看到他嘴角的弧度，又将话咽了下去。她情不自禁地想，算了，看在他来救自己的分上，这次就勉强原谅他。

他五官清俊，平日里总冷冷的，气质又矜贵，总感觉和他们不在一个平面上。而这一笑，他眉眼温柔，黑眸里好像有星星。

许稚晕乎乎地想，不行，以后不能让孟约在外面笑，这杀伤力简直太大了。

暖风撩人，少女终于想起了正事。

“孟约。”

他低头看她。

“菁华大学见。”

“好。”

（6）

高二下学期许稚连孟约的消息都少了，顾一翎去了艺术班，容茸在文科班，只是过了短短半年，但好像过了很久。

6 月 7 号高考那天，全市警戒，所有人都在为高考生让道。

许稚起了个大早，她瞒着父母，也偷偷出了门。

她早就看过孟约在哪个考场，只不过，那个考场距离她家很远，坐公交车大概要一个小时。

这天气温达到 37℃，哪怕是清晨，都让人汗流浃背。

许稚在距离考场一条马路的地方遇到了沈嘉鱼，他笑得很坏，没一点儿即将上战场的紧张。

“小稚子，你来是为了给孟约加油吗？”

许稚低着头不看路：“才不是。”

沈嘉鱼从后面拍她：“难道是给我加油啊？”

她脸一红，下意识地往后退。路边都是来来往往接送孩子的家长，车流量巨大，她没站稳，往马路上倒去。

下一秒，她身后来不及刹车的电瓶车直冲冲撞了上来。

“许稚！”沈嘉鱼大叫。

许稚躺在地上，脸色惨白，全身痛得动都动不了，撞她的家长也吓坏了。

“小姑娘，你怎么样？还能不能考试？”

许稚疼得没力气回答。沈嘉鱼在旁边，连忙打 120，还不忘安慰那个家长：“没事，她不是高考生。”

家长这才将罪恶感降低，他看了眼沈嘉鱼：“这位同学，你赶快进去考试吧，这里有我就可以了。”

沈嘉鱼低头看了看时间，已经八点半了。

“许稚，你可以吗？”

许稚点点头：“你好好考啊。”

少女是被身后的电动车撞到的，腿和地面产生摩擦，小腿和大腿都被擦伤，只是看起来比较可怕，但应该没伤到骨头。

沈嘉鱼一步三回头地进了校园，在楼梯口遇到了孟约。

如果沈嘉鱼能知道接下来会发生的事，他肯定不会这么做。

“孟约，你看到许稚没？120把她带走了吗？”

孟约有瞬间的不可置信，他抿唇：“120？”

“啊？你没看到啊，不应该啊，就在校门口……”他还没说完，孟约立马就往校门口跑，他这才意识到大事不好，“喂，你去哪里啊？马上就要开始考试了！”

来不及了。

少年已经跑出校园。

他在校门口找寻了一圈，没看到许稚和救护车的身影，距离考试还有二十分钟，门口围着的家长，七嘴八舌地问他为什么还不进去。

孟约心烦意乱，余光突然瞥见了路上的血迹，眸色更深，心好像被一只手紧握，呼吸都困难起来。

他脑袋里只有一个念头。

手机无止境地占线，阳光刺眼，慌乱间，他抓到一个人：“刚刚路边被撞的女孩呢？”

“那个被电瓶车撞的女孩啊？她被那个撞她的人带医院去了，就后面的附一院。”

对方刚说完，孟约就要跑，又被急急忙忙叫住：“小伙子，你不考试了吗？马上就不能进考场了。”

孟约眸色暗得可怕，没有犹豫，往附一院走去。

急救室里，医生正在帮少女处理伤口。都是皮外伤，涂涂药就好，就是小女孩爱美，怕是一个夏天都穿不了裙子了。

她跳着脚，拿着药，低头向前，撞到了……

医院里，消毒水味太浓重，她眼睛睁大，嘴巴因为太过惊讶合不起来。

“孟……孟约？”许稚连忙抓着他的腕表看时间，已经九点半了……

刚刚处理伤口时痛得要命，少女都坚强地没哭，此刻却克制不住，眼泪大颗大颗地往下掉。

她攥着孟约的手，难过要将她湮灭，明明日光明媚，她却觉得世界都黑暗了。

“我好讨厌自己啊。”

孟约因为意外没参加高考，还好，3 月的时候伯克利和斯坦福的 offer（录取通知）已经下来。虽然孟约没有失学，但与菁华大学的约定再也完成不了。

这个暑假许稚过得浑浑噩噩，高三开学她的成绩掉出了年级百名，为此班主任着急，家长担心。她在自责和自我讨厌里陷了许久。距离高考还有一百天的时候，她收到了一封匿名的邮件，上面记录了这段时间孟约在加州大学伯克利分校所有的事情，他的学习，他的生活。

许稚想，如果孟约看到她这样自暴自弃会不会对她很失望。

后来的一百天，她状态回归，但高考成绩并不理想，距离菁华大学的录取分数还有不少的距离。不过，这成绩已经足够上国内重点大学，她瞒着父母报了京城的大学。

许稚没想那么多，她只觉得，这样也算是完成了当初的约定。

谭修去了菁华大学，容茸考上的传媒大学也在京城，顾一翎去了南艺。

吃散伙饭那天，顾一翎又和许稚告白，别别扭扭地说：“我没考上菁华大学。”

许稚看着他：“我也没考上。”

他拿着酒杯笑了：“那我们是不是能在一起了？”

许稚摇摇头，目光看着远处：“顾一翎，我是因为喜欢的人才考菁华大学的。”

“啊？”

“但他现在不在菁华大学了，我要继续努力，去他的学校，去到他的身边。”

少女的声音温柔又坚定。

顾一翎没见过这样的许稚。在他心里，许稚是漂亮、娇气的，甚至有些小女孩的任性。但此刻，她格外勇敢。

顾一翎想，这或许就是喜欢的力量。为了心上人，跨过阻碍，勇攀高峰。

就算再难，那又怎么样，迟早有一天，我会出现，而你依旧是我的。

# 第四章

## 他是皑皑山上雪，是我心中明月

Linwoshi Wanlayuyi

（1）

三年后。

研究生考试的最后一天，京城下起了雪。容茸刚从考场下来，就约许稚吃饭。

“你还在睡呀……”

容茸打来电话的时候，许稚被学弟拖去帮忙写建模的论文，连续熬了三个通宵，刚刚闭眼两个小时。

“嗯。”

“出来吃饭。”

“我晚上还要等视频面试呢。”

“来嘛，长荣几个在京城的都来了，平安夜大家都是单身狗互相取暖。”

许稚没法拒绝。在京城三年多，一多半时间都是她和容茸经常联系。

餐厅订在工体旁边一家高端饭店。京城冬天冷，许稚裹着羽绒服素面朝天就跑了过来。

包厢里坐了十几个人，有一半她都不认识。她被拱着喝了几杯酒，晕乎乎地坐在一边。

容茸坐到她身边："那个穿黑色毛衣的看见没？我们学校学生会主席，听说家里背景很牛，马上毕业就要去广电做编导。"

许稚迟缓地点了下头，这时手机响了。她看了眼号码，接起后，耐心地和对方说着什么。

容茸听许稚讲电话听得云里雾里，什么算法，什么拟合，什么界定。

终于等到许稚把电话挂了，她迫不及待地问："谁啊？"

"一个学弟，问我建模的事情，他们最近在做为什么今年葡萄不好卖的课题。"

"啊？"

许稚微微靠在椅子上，认真地和容茸解释了下："就是选择其中一个因素，进行市场调查、分析，然后用数学的方式解答。"

容茸被带跑："为什么卖葡萄也要用数学计算？"

"什么都可以用数学计算的，主要还是要靠大数据支撑。其实不难，就是要做很多的……"

容茸彻底晕了，直接岔开话题："叶嘉要追你。"

"谁？"

"就那个主席。"容茸钩着许稚的胳膊，"今天这个餐厅就是他订的，人均四五百块呢，财大气粗吧。"

许稚打了个哈欠，没在意。

"皇上"不急容茸急："我们学校追他的可多了，你好好把握。"

“你怎么知道他要追我的？”

容茸顿了下：“明眼人都看得出来啊。”

许稚摇摇头，满脸认真：“其实他是在追你，只是采用的是迂回战术。”

容茸吃惊地瞪大眼睛：“真的吗？”

“真的。”

说话间，叶嘉像花蝴蝶一样走到她们身边，目光滚烫，一直落在许稚身上。身边有好事的同学，说：“叶主席，这是许稚，以前是我们长荣校花，现在是学霸女网红，粉丝百万。去年她还代表 T 大去参加 ACM（ACM 国际大学生程序设计竞赛）。”

许稚笑了笑，没说话。暖黄色的灯光，像是给她莹白的肌肤蒙上一层朦胧的滤镜，像美玉，格外迷人。

叶嘉先沉不住气，凑过来，和许稚的距离很近：“我弟也在搞 ACM，他说如果拿到区域冠军就能进 BAT（三大互联网公司百度、阿里、腾讯），所以你放弃保研是签了公司了？”

“进去是当暑期工吧。”许稚弯唇笑，“一个区域冠军没那么厉害。”

许稚长得好，这几年沉迷学习，让她又多了几分文气。此刻包厢里，暖气充足，她脱掉羽绒服穿了件米色的卫衣，头发没怎么打理，随意扎了个鬏。叶嘉看见她笑，心头更软。京城美女如云，追他的更不在少数，但都没有她更让他心动的。可能是气氛太好，再加上难得能和她说话，有些话不经过大脑，他就脱口而出：“我现在要参加这个竞赛的话，来得及吗？”

许稚眼眸闪过瞬间惊讶：“毕业了就不好参加。”她认真地看了眼叶嘉，“你要实在想学的话，可以先看看《算法导论》，这是 ACM 的入门书。但毕竟是理科专业对英语数学都要求挺高的……”她如果没记错的话，叶嘉是艺术生。她捏着水杯，最后把那句“我觉得你看不懂”吞进肚子里，还是别打击这花蝴蝶的自信心了。

气氛忽然有些尴尬，叶嘉还是听出了许稚话里看不起他的意思，心高气傲的他格外沉不住气：“我弟说多做模拟题，随便就能拿块奖牌。”

许稚侧头，没因为他的话生气，反而和他说起这两者的区别：“模拟就是不需要任何算法，题目怎么出就怎么做。一般代码长度都很长而且比较恶心……比如给你一个没有格式化的 c++ 代码，让你格式化一遍这种。”

“……”

“所以模拟题几乎没什么难度。”

“……”

许稚以为他没明白，还想说些什么，就被容茸拉出包厢，门还没关严就听见里面的人说——

“许稚学傻了吧，叶嘉，你别放在心上，她脑子里只有代码和数学。”

“就是就是，长得好看，学习又好，估计谁都不放在眼里了，也不知道人外有人天外有天的。”

“……”

包厢外很热闹，有一桌在过生日，所有人围在一起在唱生日歌。

许稚揉了揉眼角，感觉自己困得厉害。容茸在和她说她刚刚哪里做得不对，她疑惑地转头。

容茸看着她：“你真的变了好多呀，高中你都没那么努力学习过。”

她认真地想：“你说这是好事，还是坏事呀？”

容茸摇摇头：“我也不知道，但如果不是你沉迷学习，我也不会去考研。”她握了下许稚的手，突然问，“你是不是还在喜欢孟约呀？”

外面的雪下得更大了，许稚被冻红了脸，摇摇头又点点头：“我也不知道，感觉有些东西变了，但又好像没变。”

开春后，3 月伯克利的 offer 下来那天，许稚正在写毕业论文。深夜，她在宿舍里，所有人都睡了。她在微博里发了这段话——“我今天背了 79 个单词，论文写了 5480 个字，做完一整套模拟试题，比上一次多得了 36 分。现在刚好夜里十一点半，在明天到来之前，我还有半个小时可以用来想你。”

6 月初，许稚的签证下来了，暑假回家时她才和父母交代这件事。以为自己女儿本科毕业就回来工作的许家父母一时不能接受女儿要远赴美国读书。

假期时，遇到顾一翎，他大一时被一个导演看中拍了个 MV，后来进入演艺圈，这几年下来已经是个有粉丝的当红流量明星了。

当年穿着校服的少年和少女变成了小大人，路灯下，他点着一根烟，目光有些深。

“我发现你真的挺了不起的。”

“嗯？”

“许稚，被你喜欢的那个人一定很幸福吧。”

（2）

8 月天气湿热，可能受了海风影响，空气里都雾蒙蒙的。许稚赶在开学前飞到了美国，她拖着两个很大的行李箱，有些好奇地看着这个城市的一切。

来接她的是她在论坛上认识的胡淡淡，胡淡淡和许稚本科在一个学校，早一年来 UCB 留学，和胡淡淡一起来的还有个男生叫顾星明。

许稚没见过顾星明，友好地冲他点了下头。

不知怎的，顾星明突然脸红起来。

胡淡淡骂他没出息，转身就将许稚带上了车。

“距离开学还有几天，你房子不是还没找吧？先住我那儿，我一个人住，正好没找到舍友。晚上有几个同校的过来，顺便介绍你认识，毕竟我们在异国他乡的。”胡淡淡说了半天，没听到后面的人回复，她从后视镜一看，趁着红灯拍了下顾星明的脑袋，“我说你也有点出息，看见个美女就这么神不守舍的。”

顾星明没理她，反而小心翼翼地问：“学妹，你不会就是有百万粉丝的宅男女神只只吧？”

许稚不好意思地点了点头：“没那么夸张。”

“没想到你还真是学霸啊。”顾星明发出惊叹，仔仔细细将许稚打量了一遍。不怪他那么激动，现在学霸这个人设都被用烂的，一个小明星上个二本都能被吹得神乎其神，谁能想到他们这群平日里只会对着电脑敲代码的宅男居然粉了个真学霸网红。

许稚愣愣地看着他，他身上穿着学校的帽衫，说：“也不是学霸。”

在开车的胡淡淡插话：“别，我俩本科都是一个学校的，你必须是学霸，我不允许你谦虚。”

还没等许稚说话，顾星明立马接话：“你读什么专业啊？”

“CS(计算机科学)。”

“牛。”他竖了个大拇指，要知道计算机专业几乎就是和尚庙，许稚一个娇娇弱弱的女孩子居然能申请到CS四大名校的UCB。

顾星明按捺不住激动，先是拿着手机和许稚拍个合影，然后修都不修一下，就立马发在了所有的社交平台上。

胡淡淡从后视镜里看到：“删了。”

许稚却笑着摇摇头：“没关系的。”

她想，这样的话，说不定能让一个人看见。

晚上九点，胡淡淡公寓里挤满了人，许稚被人群围在中间，有些不适应。

好不容易挨个拍完照，她站在阳台上和容茸打电话：“我安顿下来了，很顺利，你早点睡吧。”

容茸叫住她，还是忍不住问：“看到孟约没？”

夏夜里晚风还有点燥，许稚趴在栏杆上，语气失落：“没有。”

容茸觉得自己说错了话，在扯东扯西地安慰，许稚耐心听着。

身后客厅里好像又来了些人，阳台的门被打开，几个男生抽着烟在黑暗里说一些有颜色的笑话。忽然，有人拍了下许稚的肩膀，她转头看过去，目光不偏不倚看到了沈嘉鱼。

“许稚？”沈嘉鱼刚吸了口烟，大概是受到太大的惊吓，被刺激得一直咳嗽。

身旁的男生目光在他们俩之间来回流转：“沈 fish，这不会是你前女友吧？”

沈嘉鱼推了对方一下，烦躁地警告：“滚，别乱说。”慌乱里，沈嘉鱼终于理清了来龙去脉，“那个传说中来 UCB 读 CS 的美女学霸不会是你吧？”

许稚点头。

“真的假的？”他瞪大眼睛，“但孟约开学就去 CMU 了。”

许稚脸色一白，还来不及反应，就被喝得半醉的胡淡淡又拉了出去。

满屋子的热闹，许稚也喝了一点儿酒，十五个小时的长途飞行带来的疲惫终于席卷而来。

迷糊中，她躺在沙发上，好像听见有人在说：“完了完了，孟约要后悔死了。”

许稚没听清，脑子里只清晰地回放着沈嘉鱼最后说的那句话——孟约去 CMU 了。

睡梦里，她好像被人抱起，放在床上。鼻息间有熟悉又陌生的薄荷香气，她忍不住抱住他，声音黏黏糊糊：“孟约，孟约……为什么我来了，你又走了呢？”

寒窗四年，当年那个英语考及格都困难的女孩，如今考过托福不远万里来到加州。

可是她来了又有什么用呢，他又不在了。

许稚的眼泪又掉了出来，带着祈求：“孟约，你不要跑了。”

（3）

深夜，这座城市安静得可怕，沈嘉鱼公寓的灯还亮着。

他脑子不清醒地坐在沙发上，目光没有焦距，像是还没醒酒。孟约坐在另一边，膝盖上放着笔记本电脑，他在不停地打字。马上要开学了，他跟的那个项目压力大得要命。沈嘉鱼和孟约不是一个专业，沈嘉鱼可没那么自虐早早转成 MFE（金融硕士）。

沈嘉鱼撑着下巴，看向孟约："刚刚不是还迫不及待跑过去抱妹子吗，现在装什么假正经？你心里现在后悔死了吧，去 CMU 一年，你就不怕许稚在欲望横生的美帝迷失自我吗？"

孟约的手一顿，突然笑了。

沈嘉鱼不知死活地还在孟约的底线来回试探："你说人家千辛万苦申请来这儿，发现你又走了，会不会就万念俱灰了呢？毕竟你也是个无情的男人，当年亲了人家就一走了之。"说着还笑起来，"孟约，你猜许稚她接下来会怎么办？"

孟约猛地将电脑合上，走进没开灯的房间里。窗户没关，晚风吹动灰色的窗帘，他拿出手机看着许稚和顾星明的合照，目光幽深。

高考没去参加，多么大的罪，他父母就算早就打算将他扔出国，也没预料到他会有这种举动。

脱离掌控的青春期男生，多么危险的存在，庞大的财产、累积的财富、家族的荣耀未来都要寄托在他身上。怎么能让他听话呢？

扔出国，控制起来。

孟约习惯性承受这一切，但，想不想又是另一回事。

黑夜里擅长隐藏的男人，终于露出了隐隐的欲望。

第二天下起雨，许稚调不过来时差昏昏沉沉的，差点儿错过了胡淡淡耳提面命的“北美非诚勿扰”。

许稚在白色裙子外面套了件薄薄的毛衣，绵绵细雨里真像是从江南水乡里穿越而来。

胡淡淡绕着她转了半天还是不满意：“你怎么都不化妆？”

“啊？”许稚被外头的冷风吹得有些鼻音，“我没打算相亲，化不化妆无所谓吧。”

胡淡淡指了指前面两排的浓妆艳抹的女孩：“你看看，那都是特意从东岸过来的，谁不知道东岸网红千千万，我本来还指望你为我们扳回一局呢。”（注释：在美国，UCB、CMU 这类学校在西岸，西岸整体的学术氛围比较好。东岸一些加州学校，特别是 UC 系列生产网红。东岸当然也有很多的学校，但就是有这个说法，加州网红千千万，UC 欧文占一半。）

许稚笑了笑，看了看四周。酒吧不算大，在座的几乎都是女孩。她本以为出国后女生脱单形势恶劣，却被胡淡淡科普了下 Yul 这号人物。

“UCB 成绩第一，各大导师抢着要，只要有他在，没人能超越的神级存在。

“你知道他发表了多少顶会顶刊吗？27 篇，简直不是人。

“……”

许稚当时还觉得奇怪，难道这世界上还有比孟约更厉害的人吗？没想到那瞬间，大屏幕里就出现了她朝思暮想的脸。所有的人都在尖叫，她的手被身边的胡淡淡狠狠掐住。

是孟约呀。

那个在哪里都无比耀眼的孟约。

只是，他还记得自己吗？

包厢里灯光昏暗，许稚处在话题中心。孟约就坐在她对面，她分心无力地捧着水杯，说到她名字的时候，她温柔地笑了笑。

有几个女生目光在打量着她，看整个包厢的男生都捧着她时，其中一个不屑地撇嘴："真装，真那么纯能去做网红？"

"直男不都吃这套吗？"

许稚低着头假装没听到。

胡淡淡在一旁拉了下她："这是孟约，我们……我们 CS 最有名的大神。"胡淡淡其实也没见过孟约几次，平时大姐大一样的人，今天说这两句话都磕磕绊绊。

许稚放下水杯仰头看他。

一晚上都游离在外的孟约忽然看了过来，他嘴角轻笑。

许稚不着痕迹地偏开了视线。

"这是许稚，本科 T 大的，也在 UCB 读 CS。"胡淡淡继续介绍。

孟约歪着身子，语调故意拖长，因此显得有些暧昧："许稚？哪个许？哪个稚？"

有人插话："孟神这是要欺负我们小学妹吗？"

孟约笑了下，眼睛微眯，目光故意停留在许稚身上："那就是欺负了怎么办？"

一屋人的目光都聚了过来，许稚不慌不忙认真地看着孟约，轻轻地反问他："那学长想怎么欺负啊？"

她话音刚落，包厢里众人就哄笑开，几个男生更是兴奋起来：

"哇哦，孟神被调戏了！"

"小师妹就是猛，咱孟神难得调戏一回小姑娘还失败了，会不会自此伤心，然后打一辈子光棍儿啊。"

"……"

许稚手心都是汗，静静地听着他们调侃。

昏暗里，孟约捏着手里的烟，然后低头笑。旁边有男生劝他喝酒，他来者不拒，一一喝下。

白烟缭绕，酒气熏天，许稚安静得像朵不谙世事的小白花。就在这一刻，孟约觉得这小姑娘真的变了。

胆子大了，连对他的喜欢都能藏起来了。

孟约有些忍不住了。

烟含在嘴里，火光微闪，清俊的眉眼让他更多了几分致命的吸引力。

"孟神是不是很帅？"胡淡淡凑到许稚耳边，"追他的人能排满金门大桥，但是……"她眨了眨眼睛，"我觉得如果你出手的话，他肯定不会拒绝的。"

许稚心跳忽然加快，不经意间，她的目光又与孟约撞上。只有一秒，他就移开了。她呼吸忽然困难，像是有人踩在她的心上。

"我就是来追他的。"

在胡淡淡惊讶的目光中，许稚走出包厢，用冰凉的水洗了两遍脸，才看着镜子里的自己长长呼出一口气。

满屋多余的热闹，让她现在才有时间细细回味这四年之后的重逢。

孟约就是故意的，沈嘉鱼昨天就知道她来了，他居然还装模作样地问她名字是哪两个字。

孟约出国那天，她其实知道。高三开学早，8 月中旬就开始提前进行补习了。那几天总下雨，台风来了，飞机铁路各种交通工具似乎都已停运。她坐在教室里，望着阴云密布的天空，祈祷他的航班取消延迟，如果能不走那就更好了。

沈嘉鱼给她打电话，说孟约真的走了。

许稚握着手机躲在走廊尽头，呜呜哭着不出声。她其实有很多话想说，但那一刻，好像最没资格说话的就是她。

她不知道的是，当时孟约就在沈嘉鱼身边，他们俩一个航班，这是登机前的十五分钟，离开中国的最后一通电话。

少年的爱，太过含蓄，深情藏在骨血里。

许稚抽出餐巾纸，细细擦掉脸上的水珠，又呼了口气才走出来。

从卫生间到包厢有长长的一段路，快走到包厢的时候，许稚看到孟约正靠在走廊的窗边站着。外面雨势很大，窗户开了一大半，雨水将他肩膀打得有些湿。

许稚不受控制地停下了脚步。

孟约侧头看过来，目光漫不经心，下一秒对着她吐出烟雾。

许稚被烟熏得不适应地眯了下眼睛，他又在头顶轻笑了一声。

突如其来的单独相处，她有些拘谨，头顶的光很刺眼，身后的包厢无比热闹。许稚背脊很直地站在孟约面前，刚刚她承认了她为孟约来到伯克利的事实。此刻面对他，忽然有些羞怯。

上次见孟约，还是他高考结束吃散伙饭那天。她当时去找他是为了道歉，却没想到被他们班另一个男生缠住告白。她躲无可躲就跑进了卫生间里，转身却遇见他。

当时，她解释还没说出口，满腹的道歉憋在心中，突然眼睛被他蒙着，带着酒气的吻铺天盖地而来。

之后，孟约似乎被自己的举动吓到，连一句话都没说，就将她扔在原地。

这几年来，许稚一直在想，那天晚上，孟约亲的是她，还是……把她当作替身了呢？

此时，许稚仰着头看孟约，吃不准他的态度。

她曾在北美吐槽君的账号上，看到有人匿名对孟约的评价，说他安静冷淡、刻苦且低调，还重点描述了下他优秀的外貌，惹得一群网友心怦怦怦跳，恨不得立马就能嫁给他。

记得大二第一次参加托福考试以失败告终，她看着评论急得团团转，拉着容茸又哭又闹，生怕孟约被别人抢走了。

如今，看到他就在自己眼前，风采依旧，她一颗心终于安定了下来，像是这么多年的执着终于找到宣泄口。

“孟约，”她眼睛弯着，一如多年前，从细雨里跑来的模样，“好久不见。”

孟约手里的烟烧到皮肤，等发觉疼才扔掉。他眯起眼，忽然俯身靠近，声音贴在许稚耳边，带着冰凉的诱惑：“要接吻吗？”

窗外雨势更大，裙角被打湿，许稚吓得后退一步。

许稚怯怯又愣愣地以为自己没听清，发出单音节的疑问词：“啊？”

孟约嗤笑一声，又恢复冰冷。他问：“不想吗？”

也不是。

许稚总觉得孟约哪里变了，又说不出来。他好像比记忆里还要冷漠，像是被孤独吞噬，只留下骨架。

她忽然有些心疼，往前了一步，目光从他的锁骨滑到喉结，又到下巴，她的手有些痒，忍不住抓紧他。

许稚问：“那你喜欢我吗？”

他没说话。

带着雨的冷风有些无情，吹白了许稚绯红的脸颊，她突然又难过起来。

她转身要逃，被孟约用力拉住。下一秒，她下巴被猛地抬起，接着是一个带着微苦烟草味的吻。

好像过了很久，好像又只有一瞬间。

许稚脸都红透了：“你为什么要吻我？”

他目光如深海轻轻地说：“因为我想。”

（4）

“许稚，你真的是因为暗恋孟约来 UCB 的啊？”

许稚点点头：“不仅这样，我还因为他高中分科时选了理科，大学选择了计算机专业。你不知道我本来英语特别差，后来下了苦功死记硬背才考过托福来到这里的。”她撑着下巴又叹了口气，“没想到，他又去别的学校了。”

胡淡淡听到这个励志的爱情故事有点震惊，她拍了拍许稚的肩膀：

“没事，听说 Yul 就去交流学习一年，一年后他就回斯坦福，距离我们也就两个小时左右的车程，你还是有希望的。”

许稚“嗯”了一声，脑子里还是昨天晚上的画面。

“淡淡。”

胡淡淡在订机票，准备趁着暑期最后几天去浪一圈，一抬头就看见许稚纠结的样子。她问：“怎么了？”

“如果……我说如果，你想亲一个人，你就会去亲吗？”

胡淡淡理所当然地点头：“食色，性也，此乃当代女性应该做的。”她凑上来，“怎么，你打算去强吻孟约吗？”说完像是想起什么，“那你得抓紧时间，听沈 fish 说孟约这几天就飞匹兹堡了。”

许稚一愣。

胡淡淡继续补充：“可怜啊，果然学计算机的都不配拥有甜甜的恋爱。”

许稚：“……”

再见到孟约是隔天晚上，有点意外。胡淡淡和几个朋友去环球玩了，公寓里只剩下许稚一个人。

还有几天才开学，她难得清闲。下午，顾一翎突然给她打电话。

“你是不是在旧金山？”

许稚“嗯”了一声：“怎么了？”

“我今晚在旧金山开演唱会，给你留了几张票，你要来吗？”顾一翎说完有点紧张，“可以带朋友。”

许稚有些惊讶：“真的吗？你好厉害呀。”她查了下最近的演唱会消息，果然有顾一翎的名字，“来的，我就一个人，给我留一张票就行。”

演唱会在比尔　格雷厄姆市政礼堂举行，场馆不算小，许稚赶过去时场馆外已经排满了长长的队伍。她有些惊讶，顾一翎的人气已经这么高了。

来送票的是个小男生，看到她时眼睛亮了下：“是许稚吗？”

许稚接过票，有些不好意思：“谢谢你，专门跑一趟。”

小男生是顾一翎的助理，被她看得脸红了：“你本人比照片上还漂亮。”说完，脸更红了，指了指位置，“有不少粉丝认识我，我得回去了，你自己进去可以吗？”

许稚点点头，没想到一转身就撞上了沈嘉鱼一行人。

许稚视力很好，一眼就看到了人群最后面的孟约。

五六个人，男女都有。有个打扮精致的女生应该是顾一翎的死忠粉，一眼就认出了他助理的背影。她目光又转到许稚身上，十分惊讶：“顾一翎的助理亲自给你送票？许稚，你不会是顾一翎的女朋友吧？”

沈嘉鱼没说话，在旁边看好戏。许稚连忙摇头，抬头时目光又不经意和孟约撞上。她心头乱糟糟的，才公开承认喜欢孟约不久，今天就被撞上这场面。

“不是的，我和顾一翎是高中同学。”她不知是怕给顾一翎造成困扰，还是怕孟约误会，还多加了一句，“不要乱说。”

顾一翎给的票是超级 VIP 座，几乎是全场中心。她坐下来才发现孟约他们也在这一排，而孟约就坐在她隔壁……

七千人的场馆座无虚席，粉丝们带着应援物，将这个年代久远的礼堂照得灯火通明。

开场前五分钟，全场灯光暗了下来，所有人都在喊顾一翎的应援词。

许稚真的很开心，顾一翎能有今天这样的成就。忽然她耳边有温热的呼吸靠近，孟约的声音传来：“你和他还有联系？”

许稚没听清，脸下意识地往他的方向撇过去：“你说什么？”突然，脸颊蹭过一个温热的物体。

许稚一愣，呆呆地看着他。就在这瞬间，本来黑漆漆的场馆，突然灯光亮得刺眼，顾一翎从升降台弹了上来，全场尖叫——

孟约已经坐好，像什么都没发生一样，面无表情。

演唱会气氛超级好，顾一翎在台上劲歌热舞，女粉的嘶吼声怕是要将旧金山的夜幕撕裂。

顾一翎拿着话筒，刚刚换了一身白色的西装，少年已经不是高中时傻傻愣愣又中二的大男生，如今已经变成有万千粉丝的超级偶像。

灯光变成浪漫的粉白色，他目光在人群中扫视一眼，大约是看了许稚一眼，她从大屏幕里看到了顾一翎的笑容。

“这是我世界巡演的第一站，许多人问我为什么世巡的第一站要定在旧金山？因为我想让我的初恋看到今天闪耀的我，我还想知道看到这样的我，当初拒绝我的她后悔了没！”

许稚身体猛地僵硬起来，摄影机已经在观众席中扫视。

有粉丝问他，他的初恋是否在现场？

顾一翎笑了笑：“在的，我看见她了。”

尖叫声更大了……

许稚听见前后左右的粉丝在问：“到底是谁啊？瞎了吧，居然拒绝我们顾一翎，现在肯定后悔了。”

顾一翎似乎看见许稚脸色的变化："大家别找了，是我请她来的。虽然已经过去了这么多年，我的单恋没有成功……"他顿了下，声音突然变得正经起来，帅气英俊的脸在大屏幕的特写下，显得格外深情，"但我还是想说，喜欢你是我做过的最好的事情。"

尖叫。

还是尖叫。

歌曲前奏已经响起，是顾一翎成名电影的主题曲，无比深情写着少年爱恋的情歌。

许稚全身僵硬，她根本不知道顾一翎要在演唱会放这个大招。

身边的人突然冷笑一声。

她脑袋一片空白地看过去，孟约向来冷淡的脸更为冰冷。明明 8 月是旧金山最热的时候，可她好像置身在冰天雪地之间。

两人就这么一句话没说，僵持到了演唱会结束。

散场时，孟约走在最前面。沈嘉鱼看了眼许稚，小声说："你完了。"

许稚瞪大眼睛，刚想说什么，演出前送票的小助理又出现了，他估计也被刚刚演唱会发生的事情吓到。他找到许稚，说："那个……顾一翎让你去一下后台。"

许稚有些为难，看向沈嘉鱼。沈嘉鱼事不关己地耸了下肩膀。算了，去吧，今晚的事情总归要说清楚的。

一路弯弯曲曲，穿过粉丝群，终于到了后台。

顾一翎已经换了自己的衣服，正在卸妆。看到许稚一脸呆滞，他突然笑出声："吓到了？"

许稚点头，总觉得顾一翎是故意的：“你干吗这么说？”

他用纸巾擦了擦脸：“我也没说错。”他拿起旁边的鸭舌帽，又拿起口罩戴上，“走吧，送你回家。”

许稚连忙摇头，这外面还有数不清的粉丝，他送她？这不是让她被他粉丝追杀吗？

顾一翎却眨了下眼睛，笑嘻嘻地说：“做戏要做全套，孟约不是来了吗？你难道不想看看他的反应吗？”

许稚觉得奇怪：“你怎么知道他会来？”

顾一翎的经纪人走过来，看了两眼许稚，又低声和顾一翎说了几句话。许稚模糊地听到几句，是警告他不要玩过了。

顾一翎随意点了下头，抓着许稚的手腕：“走吧，我本来不知道的，后来看到就临时起意。”他看着许稚呆傻的样子，“平时对我这么凶，怎么碰到孟约就什么都不懂了？笨死了，追个男人追这么多年都没追上。”

许稚看着他，不太确定：“你不会还喜欢我吧？”

“怎么，要转投我的怀抱吗？”

“滚啊！”

顾一翎终于笑了起来，拍了下许稚的脑袋。这才像他认识的许稚。

后门堵着的都是他粉丝，顾一翎带着许稚走了VIP通道，下去就是停车场。电梯门打开，有个人靠在墙上，听到声音微微抬头看了过来。

孟约穿了件白色的短袖T恤和黑色的长裤，模糊不清的灯光挡不住他冰冷的视线。他本就个子高，此刻周身萦绕着一种让人窒息的压迫感。许稚下意识想甩开顾一翎的手，只觉得自己像极了出轨被抓的渣女。

孟约淡淡看了眼许稚："过来，回去了。"他声音偏冷，在黑夜里听起来格外无情。

许稚忽然手足无措。

可能是看见了她的犹豫，孟约脸色更差，他站直大步走过来，直接拎着她走。

他的手很冰，烟味很重，周身气压极低。

"哎？一哥，你怎么回来了，人送回去了？"小助理看到顾一翎这么快回来，很惊讶。

顾一翎坐在沙发上，突然笑了起来："我有时候觉得自己挺伟大的。"

小助理不明白，他有些担心今晚演唱会上顾一翎说的话，他刚刚看了眼微博，热搜已经炸了，前十有五个都是有关顾一翎的。

#顾一翎 初恋女友#

#顾一翎 爱你是我做过的最好的事情#

#顾一翎 世巡#

#顾一翎 告白#

#顾一翎#

经纪人虽然没说什么，但这事万一处理得不好，怕是双方都受影响。要是处理得好，还能给顾一翎树立深情人设。

"别瞎担心了。"顾一翎看着经纪人一个劲地在打电话，"女生不会被扒出来的，这几个热搜估计几个小时后就会不见。"

经纪人不信："真的假的？那我发你深情人设的通稿了。"

顾一翎回想到刚刚孟约的目光："我劝你别发，就这样最好。不然那位生起气来，我怕你控制不住。”

“谁啊？”

“我那位初恋背后的男人。”唉，这么多年过去他还是觉得心里发酸。虽然是有几分故意的成分，但也是帮了许稚。

顾一翎脑子里都是以前自己和许稚告白的场景。

他真的太伟大了。

（5）

沈嘉鱼他们开了两辆车来，本来在车里聊天的几个人，看到许稚都安静了下来，目光在许稚和孟约身上来来回回。

沈嘉鱼在抽烟，他在琢磨，这位置要怎么安排。孟约虽然看不出表情，但沈嘉鱼知道，他现在就是个易燃易爆的炸弹。

许稚拘谨地站在一旁。演唱会才结束，停车场内很热闹，大家还沉浸在余热里，不少人还在议论顾一翎那个初恋对象。

孟约有点烦，摸了摸口袋，才发现烟没了，偏头看向沈嘉鱼。沈嘉鱼递上烟盒，孟约接过，抽出一根烟咬在嘴里，要点火的时候，看见了许稚怯怯的样子。

他更烦了，她到底有什么魅力，让顾一翎这么多年念念不忘？

火光微闪，刚刚演唱会的那一幕还在他脑子里回放。他以为这种演唱会表白的老梗已经过时了，没想到顾一翎一个靠女友粉起家的流量鲜肉还有这么大的勇气。他眯了下眼睛，入口的烟雾太苦，让他舌尖有些发麻。下一秒，他觉得自己好笑，还说别人，自己不也惦记了这么多年？

许稚今晚穿了件淡粉色的雪纺长袖裙，裙子很短。停车场四面通风，晚风拂过时，她总小心翼翼地压着裙角。

两人就这么站着，谁都没说话，气氛有些尴尬。

但有人发现了不对劲——

“沈 fish，他们俩真没什么，怎么感觉怪怪的？”

沈嘉鱼咬着烟摇摇头，心想我怎么知道？

孟约一根烟抽完，看都没看许稚，走向她身后的垃圾桶。

许稚看他走近，忽然出声叫他：“孟约。”

他顿了下，她估计很紧张，睫毛不停地颤动，他蓦地勾了嘴角。

许稚吃不准他的态度，不知道他为什么会等在电梯口，也不知道那晚他为什么要亲自己。

“我……”

他皱着眉打断：“你追人的时候，都这么朝三暮四？还是你想告诉我，你多受欢迎？”

许稚一愣，眼尾发红，有些慌张：“不是，我也不知道……”她忽然想到什么突然仰起头，看向他，声音更小，“你怎么知道我在追你？”

他眼眸微眯，眸光里藏着危险：“你不是喜欢我吗？”

许稚脸红起来，说话也磕磕绊绊：“是……是。”

气氛又安静了起来，大概过了好几秒。

他说：“我后天去匹兹堡。”

许稚点点头，心里开始发酸。

“但你很不乖。”

啊？

他在笑，有些冷：“所以……”

许稚紧张，等待他后面的话。

孟约看着她的眼睛，心口突然软了下来，一股无名的烦躁更甚。他转身直接打开另一辆车的车门坐了上去，扔下许稚一个人愣在原地。

沈嘉鱼无语地开始收拾残局："我送你回去。"

坐上车，许稚靠在车窗上发呆。

沈嘉鱼看了她两眼，忍不住开口："你要喜欢孟约就别伤他。"

她疑惑地看向他。

沈嘉鱼叹了口气，意味深长地说："他呀，很可怜的，以后你就知道了。"

回到公寓已经十一点多，胡淡淡不在。哪怕公寓很小，她现在也觉得空荡荡的。

许稚坐在沙发上，发了五分钟呆才去洗澡。

洗完澡，看到手机上顾一翎发来的微信，问她后来孟约有没有把她怎么样。

许稚叹了口气，回复对方。

【许稚：没有，是沈嘉鱼送我回来的。】

【顾一翎：他怕不是不行吧？】

一个男人被逼到这种程度居然还能忍得住。

许稚捂着脑袋，她知道顾一翎在帮她，想让孟约吃醋……

只是……

孟约当时到底想说什么呀？

还有，他为什么要说她不乖？

还有沈嘉鱼的话，究竟是什么意思？

许稚倒在床上，捂着胸口，心跳扑通扑通，脑袋有点眩晕……

孟约、孟约，她满脑子都是孟约……

另一边沈嘉鱼公寓里，孟约正在看邮件，他马上就要去匹兹堡了，这几个月和沈嘉鱼合住。

沈嘉鱼正在刷微博，刷到粉丝录的顾一翎的片段，还是觉得很绝。

“我要是小姑娘就被骗走了，顾一翎这招真的厉害。”

孟约冷着脸没理他，合上电脑，准备回房间洗澡。

沈嘉鱼不死心，将手机屏幕举到孟约眼前。孟约只看了一眼，那个镜头正好扫到观众席，可能看许稚长得好，摄影老师还推近了些。

孟约回身，将电脑重新打开，在键盘上噼里啪啦敲了一会儿，又重新合上，这下回房间了。

沈嘉鱼正刷着微博，突然手机屏幕一片空白。他反应了三秒，然后冲着房间里大叫：“等等！你把话题黑了？”

孟约冷哼一声，这么碍眼，留着干吗？

（6）

这几天总在下雨，许稚除了看书就是在算孟约的航班。

开学在即，两人见面的机会是不是就少了？

容茸看了热搜正和许稚在八卦，许稚心神不宁的，一句都没听进去。

容茸问她：“那以后见不到咋办？”

“我在想办法。”她突然有点后悔当初拉黑了孟约，现在连去要联系方式的勇气都没有，“要不，我脸皮厚点？”

容茸不赞同：“这是厚脸皮能解决的问题吗？”

上午十点，孟约是被音乐吵醒的。

客厅的音响开到整栋楼都在震，孟约写论文写到凌晨才睡，现在被吵醒，脾气很糟。空调有些凉，他闷着头起来，捞了件卫衣套上。他冰着脸打开门，看见满眼都是人，他走去客厅想去训沈嘉鱼……

刚走两步，他在客厅沙发上看到了一个人。许稚和一屋奇奇怪怪的人格格不入，穿着件很像制服的裙子，坐在最边上，捧着一罐啤酒在小口小口地喝。她太乖了，像在做坏事的好学生。

孟约第一反应是皱起眉。他实在是困，脑子也不清醒，径直走去，把许稚手里的啤酒抢了过来。

居然还是冰的。

DJ 舞曲还在放，所有人都静了下来，看着他。

孟约喝了口啤酒，扫了眼周围，似乎终于清醒了点。许稚仰着头惴惴不安，和他对视了几秒，刚想要说什么缓解尴尬，却被他瞪了眼。

他瞪我干吗呀？许稚在心里嘀咕，再抬头见他已经往沈嘉鱼那边走，但啤酒也没还给她。

“你认识 Yul 吗？”许稚旁边的人好奇地问。

许稚点头也不是，摇头也不是，索性装死。

没想到对方语出惊人：“你们刚刚是不是间接接吻了啊？”

许稚涨红了脸，好在对方没太为难她。

因为今天出了个大新闻，一大早微博知名吐槽营销号就发了一封匿名吐槽信。长微博里女孩声泪俱下地控诉沈大少爷喜新厌旧且劈腿成性，话说得半真半假，三人成虎后，假的也成了真的。

微博风向也不好，这几年富二代的名声实在太差，再加上这几个关键词，评论里几乎全是骂沈嘉鱼的。

沈嘉鱼真的被伤得不轻，一大早就开趴，胡淡淡刚回来就把许稚也拉了过来。

沈嘉鱼坐在不远处的地毯上，抱着酒瓶悲伤欲绝："那人到底为什么要发我裸照啊？发就发了，为什么我那张裸照那么丑啊？我练了一年的八块腹肌都没拍到！"

旁边人都在笑，看到孟约来，又闭上了嘴巴。

孟约皱着眉踢了沈嘉鱼一脚："起来。"

"我不。"

孟约声音更淡了些："我不说第二遍。"

沈嘉鱼："……"

两人穿过人群，走进厨房，门还关上了。

其他人议论纷纷：

"你说他们在说什么？"

"孟约不会生气了吧？不会要把我们赶出去吧？"

"我只看到了帅，一起床就这么帅，我的心脏啊！"

窃窃私语还没结束，他们俩就走了出来。许稚一开始偷偷看孟约，后来发现大家都正大光明地看，她也大起胆子来。

孟约头发有些乱，脸色也白，左脸颊还有睡觉被压的印子，穿在身上的卫衣都不平整，露出里面的短袖。和平日里的冷漠疏离不同，现在的他莫名多了几分不可靠近的可爱。

他忽然在人群中捉住了她的目光，穿着黑色拖鞋的他脚步没停，往她靠近。

许稚有点紧张又有点期待。在他坐在她身边的那瞬间，她觉得心跳和呼吸都停止了。

屋子里顿时安静了，几秒后大家才重新开始聊天。

他的坐姿很随意，身体靠在沙发上，时不时拿起她那罐冰啤酒喝一口。

“什么时候来的？”他声音很低有些哑，带着刚睡醒的困倦。

许稚轻轻呼了口气：“九点左右，刚睡醒就被拉来了。”

孟约“嗯”了一声，似乎觉得坐得不太舒服，又换了个姿势，现在变成一只手扶在沙发上，另一只手放在膝盖上，就这么半侧着身看着她。

许稚很紧张，坐得无比端正。

“知道我住这里？”他问。

许稚呆了下，含糊地“嗯”了一声，然后就听见孟约低低地笑了一声。

“倒是没变。”

她疑惑地竖起耳朵，他下一句接着说：“还这么有心机。”

许稚心猛地一跳，转过头睁大眼睛看着他。他静静地和她对视，眸里的笑意一点儿一点儿在汇聚。

他……他……

以前的一幕幕都好像在脑海里放电影一样，许稚脸红了起来。她心脏像在坐过山车一样，翻天覆地，却不知要说什么来反驳。

“咳……咳咳咳……”客厅里不知谁在抽烟，许稚突然克制不住地咳了起来。

孟约将手里的啤酒递给她，似乎觉得不好，又拿了回来，从茶几上拿了一瓶果汁给她。他抬起头在客厅扫视一圈：“顾星明把烟掐了。”

被点名的顾星明诡异地看了过来，目光落在了许稚身上，明了似的起哄道：“Yul 就是牛，刚睡醒就泡妹子。”

其他人的目光也看了过来。

“不得了，不得了，一出手就泡宅男小女神。”

“废话，你也不看咱孟神是谁，能虚吗？”

“只只，快追呀，咱孟神可好追了。”

他们真的很喜欢闹孟约，东一句西一句，八卦得要命。

许稚咳得更厉害，脸涨得通红。

孟约身体靠近了些，轻轻拍了下她的背。

这样的复杂情况下，许稚还分心闻到他身上有淡淡的味道。

“吃早饭了没？”

许稚好不容易止住咳，点点头。他笑了下：“我没吃。”

所以？

孟约看着她：“所以给喜欢的人做一顿早饭是应该的吧。”

顶着一屋人的暧昧目光，许稚跟着他走进厨房。

公寓应该是有阿姨定期来打扫，冰箱里堆了很多食材。许稚在外读书多年，简单的早饭还难不倒她。

孟约一直靠在不远处的墙上，站得不太直，有些微微驼。他脖子很酸，可能是昨晚打太久字了，头也疼，毕竟才睡了三四个小时。但他心情很好，小姑娘确实喜欢他，藏着小心思跑过来，现在还在给他做饭。

沈嘉鱼过来敲门，想凑个热闹，被孟约无情地关在门外。

许稚红着耳根，十五分钟内就给他煎了蛋，做了个西多士，还热了杯牛奶。

中央空调在尽职地吹着冷气，小姑娘顾着美，穿了小裙子，皮肤被冻得凉飕飕的。

她仰着头，端着盘子，有些害羞，可眼睛又大又亮，带着爱恋。

“快吃吧。”

孟约接过盘子，又将盘子放到一边。下一秒，他将身上的卫衣脱了下来，在许稚满脸惊讶下，将其套进了她的脖子：“伸手。”

衣服很暖，带着孟约的体温，还带着他特有的味道。

孟约问：“还冷不冷？”

许稚连忙摇头。

不冷，不冷，她现在快要被烧熟了。

他喝了口牛奶，目光漫不经心地扫过来，慢慢在她身上打量。

过了两秒，他嘴角勾了个很小的弧度，哼笑一声：“看在早饭的分上，你上次不老实的事情就算了。”

“……”

他尾音带着让人头皮发麻的笑意：“但，有下次就敲断你的腿。”

# 第五章

## 爱如谣言，蔓延无边 //

（1）

孟约去匹兹堡那天，许稚失眠地坐在床上。这几天有些降温，她脸上的高温却迟迟下不来，不知是不是要生病了。

接下来的一个月许稚忙得团团转，这所大牛云集的学校里，她这种小虾米连跟上课程都觉得不容易。

难得周末，她还在公寓里赶着作业，各种paper（论文）、project（专题）、test（测试）、quiz（竞赛）、assignment（类似指派的课外作业）、report（报告），让她发现世界上最远的距离不是生与死，而是从introduction（前言）到reference（参考文献）。

胡淡淡嘲笑她：“只要专业选得好，天天都像在高考。”

而她和孟约的传闻越演越烈。连实验室那些每天只关注代码的宅男师兄，看她时都流露出了八卦的火花。

许稚一开始为了监督自己学习，所以在视频平台开了直播，偶然一次露脸被扒出来是能参加国际竞赛的真学霸。因为人长得好看，也不作妖，偶尔还会分享一些学习经验，所以粉丝越来越多。后来，她也会拍一些 vlog（短视频），没什么主题都是日常分享，却吸引了一批宅男粉。

周日晚上，许稚难得抽出空直播，一群人在屏幕上刷 Yul 的名字。一开始，许稚的粉丝还不知 Yul 是谁，后来去了解了一下，又纷纷回来闹着要抢亲。

“Y 神观光团，喜提嫂子。”

“嫂子，论文写不出来没关系，找 Y 神撒撒娇，人家动动手指就解决了。”

“只只是我的！”

“Yul 单身，请勿造谣，谢谢。”

……

没一会儿，弹幕上许稚的宅男粉和孟约的太太团打成一片。许稚低着头专心攻克难题，假装没看见。

沈嘉鱼在给她发微信捣乱。

【沈嘉鱼：人气够可以的啊。你说孟约看到这么多人叫你老婆，会怎么想啊？】

许稚不回他，他还不死心。

【沈嘉鱼：听说你们亲过了，那孟约会不会吃醋啊？】

“砰——”书桌旁的水杯被许稚打翻，她开始心慌意乱。

弹幕上有人在问只只怎么了，许稚眨了眨眼睛，还在脸红走神。

日子还要继续过，因为两个当事人的沉默，传闻像是在滚雪球。

许稚正在实验室苦兮兮地写着代码，胡淡淡打了第三个电话。

她偷偷看了眼实验室情况，趁着大家不注意跑了出来。

“什么急事啊？我正写代码呢。”

胡淡淡在那头压抑着兴奋：“你快去看一眼我发刚发你的照片，然后再说。”

许稚疑惑地切到微信，微信里已经有好几个人发来了同一张照片。

是那天在庆功宴包厢外，孟约亲她的照片。

走廊里很暗，远处刺眼的光透过来，他们俩藏在半明半暗里，角度好像算好了，她长发飘起，裙角贴着他的牛仔裤。

白色和黑色。

女人和男人。

像是——草莓遇上了香烟。

胡淡淡在那头哑着嗓子尖叫：“我的天，是你吧。许稚，你可以啊，前几天才说要追 Yul，没想到你不声不响就拿下了啊！”

许稚低着头看着脚尖：“是我，但不是你想的那样，那天情况比较特别，我……”

其实她也不知道，为什么孟约突然要亲她。

那晚雨太大，她面红耳赤，脑子一片空白，不敢相信发生的这一切——

“你喝醉了吗？”许稚手攥在一起，声音轻得近乎呢喃。

孟约在笑，可眼眸里没有笑意，她更紧张，心似悬在悬崖上。她有点害怕，又有些期待他的答案……

“不是。”

“啊？”

“酒不算什么。”

那是什么？许稚牙齿轻轻地咬着唇，太紧张了。

“是你。”

心猛地往下跌又猛地上扬，像在坐 360 度超级刺激的过山车。

许稚看着孟约的背影，小心地将他说的话连起来。

他醉了……可不关酒的事……是因为她？

心跳，只剩心跳。

“你想说孟神喝多了，所以才对你亲亲抱抱举高高？”

“没有亲亲抱抱举高高。”许稚脸红地否认。

她看着照片，照片里她的身高才到孟约的肩膀处，他亲她时低下头，小山似的睫毛遮住眼睛，露出一截雪白又脆弱的脖子。

许稚还看见，她的手不知何时拽住了他的衣服，明明是他亲过来，可看起来自己是那么渴求他……

许稚的心扑通猛地跳了下。

胡淡淡还在分析：“按照我情场老手的经验来看，就算是酒后乱性，Yul 也肯定喜欢你！不然他那种高冷的男人怎么会这样亲一个女人？还有，那天你们在厨房里到底在干什么啊？我都快好奇死了。”

“没什么，就做饭啊。”许稚脸一红，心被她的胡言乱语搅得七上八下，“淡淡，你觉得孟约那样的人会喜欢凡人吗？”

“那神也要吃饭拉屎啊。”胡淡淡理所当然，“再说许稚，你是不是还不太清楚你有多红，网上叫你老婆的男人没一万也有八千吧，自信一点儿。”

沈嘉鱼也发来一条消息，是一张截图，上面是他朋友圈下的评论。

那条朋友圈下，有孟约的评论，他说：拍得不错。

沈嘉鱼八卦兮兮地说："我拍得不错吧。"

居然是沈嘉鱼拍的！

许稚捂着脑袋，怎么感觉全世界都觉得她和孟约有着说不清的关系。

可是，虽然很对不起孟约，但她心里那份抑制不住的悸动快要喷出来了。算了，还是随它去吧，让全世界都误会有什么不好。

10 月中旬，homecoming（同学会）到来。

胡淡淡早一个月前，就开始刷打折网站，终于让她用历史最低价买回来一堆礼服裙。她拉着许稚在公寓里试裙子，大有今年要拿到 Queen（"女王"）的雄心壮志。

"你找到舞伴了吗？"胡淡淡问许稚。

许稚摇摇头。其实她不是很想参加，但胡淡淡说这是融入集体最好的办法。

"要不你大胆问问孟约有没有时间？如果你能约到孟约，绝对一战成名，让万千女孩羡慕死。"胡淡淡怂恿着她。

许稚摇摇头，最近腥风血雨的，她微博天天都能收到孟约的女友粉来警告她的话，还是低调点好。

在舞会开始的前一天晚上，许稚给沈嘉鱼打了电话。

"你有舞伴了吗？"

沈嘉鱼正在打游戏，为了省事电话直接扩放，正在生死关头的激烈时刻，他估计连来电显示都没看，随口答道："没啊，怎么了？"

“那你做我舞伴吧。”

许稚刚问出口，沈嘉鱼就开始尖叫：“喂！孟约，你有病吧，我和你是队友，你杀我干吗？”

电话另一边的许稚，心忽然一跳。

下一秒，沈嘉鱼心态崩了，拿起手机一看明白是怎么回事，无语得要死：“呃，你……你这也太能吃醋了吧。”

许稚拿着手机没说话。

又过了一会儿，沈嘉鱼好像彻底退出游戏，骂骂咧咧了半天，终于找回理智：“小稚子，我刚刚想起来，我有舞伴了。”

许稚：“……”

沈嘉鱼有苦说不出：“所以，你另找他人吧。”

许稚：“……”

许稚在沈嘉鱼想挂电话的前一秒，突然叫住他：“刚刚孟约听见了吗？”

沈嘉鱼哼唧了一声，许稚得到肯定的答复心跳更快。

孟约到底是什么意思呢？

不会是真吃醋了吧？

夜里，许稚翻来覆去睡不着，总是想起一个月前，他们在酒吧门口的重逢。许稚不知自己表现得如何，可在他的眼眸里却没发现一点儿惊讶。当时孟约靠在墙上抽着烟，似乎被烟雾熏到，他下意识眯了下眼睛。

她看着他，一时间回不过神来。

那夜很凉，孟约很安静，气氛有些诡异，她单方面打完招呼后就想走，却被他叫住。

黑夜里，他声音格外凉，似薄荷。

他说："你来找我的？"

夏雨如瀑，心跳如雷。

原来从一开始，他就看透了她。

那他呢？

会是她的吗？

（2）

第二天，许稚一个人去的舞会。

她像掉进花花世界里胆小的小百合，一出场就被眼睛发光的饿狼们盯住。

许稚捧着红酒杯，安静地待在角落里，不时有穿着西装的男人过来搭讪。她红着脸，尴尬地一一拒绝。

胡淡淡揽着一个男人路过，目光在她身上扫视一圈："宝贝，你这样太有罪恶感了，是个男人都想征服你。"

许稚眯着眼笑嘻嘻地说："可惜你不是男人。"

胡淡淡瞪了她一眼，嘱咐她注意安全，就去舞池中央蹦迪了。

胡淡淡前脚刚走，后脚沈嘉鱼就前呼后拥地走了过来，他身边围了一群纨绔子弟，看到许稚，眼睛都直了。

其中有个叫黎元的，目光肆意毫不收敛："你什么时候还私藏了这么个大美女？"

沈嘉鱼没搭理他，直接递给许稚一杯酒，表情有些故意："小稚子，没带舞伴来啊？”

许稚瞪了沈嘉鱼一眼。

黎元插话：“我也没舞伴，不如和我一起吧？”

沈嘉鱼头疼地看了黎元一眼，小声在他耳边警告：“她是孟约的绯闻女友。”

黎元不当回事：“他什么时候喜欢过女人了？别说女人了，他连人都不喜欢。没事的。”

沈嘉鱼：“……”

黎元凑到许稚旁边，盯着她看：“可以吗？”

许稚笑了笑，还没来得及说话，黎元就被沈嘉鱼拖了出去，一路拖着他穿越人海，往后门口一扔。

黎元刚想骂人，一抬眸看到一个人表情立刻变得像见了鬼一样：“没看错吧？”

下一秒，他反应过来，嬉皮笑脸：“Yul，反正你也不喜欢许稚，我喜欢她，你让不让？”

孟约眯了眯眼，过了半晌，淡淡地说：“让给你？”

“对呀，我对许稚一见钟情。”黎元兴奋地说。

安静了一会儿，孟约“啧”了一声。

黎元终于从冲动的荷尔蒙里醒过来，发现不对劲。他看了眼旁边的沈嘉鱼，忽然明白了什么，脸色猛地变得惨白。他颤颤巍巍地看向孟约。

孟约撑着下巴，目光冰冷，气势骇人。

黎元在心里骂脏话，不食人间烟火的孟约居然真的下凡了？

“挖我墙脚？”

黎元支支吾吾："呃……不是。"他家虽然有钱，但比起孟约来简直是小虾米。更何况，孟约就算不用家里背景，自己随便一句话都能让他吃不了兜着走。

孟约点了一根烟，咬在嘴里，嗤笑一声，而后语气更冷："看上我的人？"

"不敢，不敢……"

"那就滚远点。"

黎元连滚带爬地走了。

沈嘉鱼看着直笑："有的人也不知为了什么，连夜飞过来。"

孟约扫了沈嘉鱼一眼。

沈嘉鱼才不怕他："闷骚。"

许稚不知道外面发生了什么，她脸颊泛粉地看着舞池中央。舞会进行到最高潮的部分，所有人举杯将手里的酒一饮而尽。主持人拿着话筒，在中间大声宣布游戏规则：

"关灯后，吻上你身边最近的那个人。十，九，八，七，六，五，四……"

许稚脑袋晕乎乎的，还没反应过来，而她身旁已经站了好几个等她好久的男人。

"三，二……一！"

灯突然熄灭，整个大厅漆黑一片。

她的心悬了起来。黑暗中，听觉格外灵敏，她清晰地听到有个脚步声在靠近她。她想要逃离，眼睛却被捂住，整个人被薄荷和烟草的气息包围。想到什么，她忽然就不逃了。

“你想亲谁？”身后的男人问。

她猛地抓住他蒙在自己眼睛上的手。

后颈被他温热的唇贴上，她失去理智地闭上眼，只觉得全身发软，连指尖都在颤抖。

“还是……”他轻笑，“你想被谁亲？”

一分钟很快就过去，他们还没接吻，大厅内就恢复了光明。

许稚快速回头，没找到人，她着急，难道刚刚的一切是在做梦吗？

忽然——

越过人海，她终于找到了那个熟悉的身影。

孟约穿着一件白色的衬衫，黑发凌厉，黑眸闪耀，许稚一眼就认出了他，大脑还没来得及思考，身体就不由自主地去追寻。

夜里风大，温度又降低了些，许稚跟着孟约走进窄窄的巷子。月色明朗，就算没有灯光视线都那么清晰。她盯着孟约，心又轻又重，她觉得自己长大了，好像胆子变小了。如果在以前，她恨不得给孟约下药，让他彻彻底底没了心思，死心塌地地跟着她。

高跟鞋被路边的藤蔓绊住，她摇晃身体，就快要跟丢。她急得要命，刚要出声叫他，他便停了下来。

他像是夜里诱惑人的天使，许稚情不自禁地屏住呼吸，酒精在身体里发酵，她晕乎乎地觉得眼前的人是自己的幻觉。

“你是真的吗？”

孟约没说话，靠在墙边漫不经心地看过来，手里还夹着一根烟。

许稚轻轻上前，她攥着裙子，脚步很飘，裙子被风吹起，莹白的腿暴露在空气中。

“昨晚有流星，我许愿了。”她仰着头，眼眸被额前的碎发遮住了点，可还能看到盈盈的水光。她说话颠三倒四的，忽然又叹了口气，歪着脑袋，“我好像喝醉了。”

孟约喉结微动，还没来得及说什么，许稚猛地上前，趁他不注意，踮脚亲到了他——喉结。

少女的唇微凉，带着酒意和晚风。孟约身体微僵，烟灰被湿气打落，沾到了少女的肌肤。

许稚舔了下嘴角，轻轻笑了起来：“真的亲到了。”她眉眼微弯，语气里藏不住的雀跃，“你是真的，我的愿望居然真的实现了……”

空气安静了几秒，孟约突然抓住她，低头看着她的眸子。两人气息交融，他的耐心似乎在这一秒耗尽，下一秒抓着许稚的下巴亲了上去。

他说：“喝醉了的是我。”

少女有瞬间的惊讶，然后就被男人的气息侵占。

晚风迷人。

许稚晕乎乎的，孟约似乎感觉到了她的不专心，坏心眼地咬了下她的唇作为惩罚。

许稚突然生气了：“你都不知道，我整个心思都在你身上。”

孟约忽然笑了。许稚仰着头，看得有些发愣。她真的太久没看到这样的孟约了，好像这样的他才让她有一些熟悉。她有些被蛊惑，眼眸更亮，心尖很痒，好像有千言万语想和他说，可最后只憋红了脸。

朦胧中，只听到他说：“我知道。”

你知道?

知道什么呀？

傻傻喜欢你的，从来都只有我而已。

舞会开到凌晨还没散场，孟约不知从哪里拿出一件外套套在许稚身上。

路过前厅时，沈嘉鱼和几个男生站在那儿抽烟。烟雾缭绕中，他看见孟约开始嘲笑："没我助攻，你能抱到许稚？"

孟约没理他，径直抱着已经醉得毫无意识的许稚出去。胡淡淡悄悄走到沈嘉鱼旁边，和他一起看着那两人的背影。

"简直是孟约的所有物，别人碰到格杀勿论。"

胡淡淡摇头："也就许稚傻，被人吃得死死的都不知道。"

（3）

送许稚回到公寓后，孟约就乘夜机回匹兹堡，他第二天下午还有个报告要交，沈嘉鱼嘲笑他是自讨苦吃。

飞机难得没有晚点，尽管有五个小时的飞行，他却一点儿睡意都没有。所有的事情像放电影一样，在他脑子里飞速而过。

许稚。

这个名字是什么时候出现在他世界里的？

大约是高二（1）开学，他在前后座所有的男生口中频繁地听到这两个字。

"刚刚在操场看到许稚了，真是好看，皮肤嫩得像是能滴水。"

"她是校花了吧？听说是隔壁班许楚瑜的堂妹。这家绝了，个个都长这么好看。”

有男生钩着沈嘉鱼的脖子调侃：“这种极品妹子，嘉鱼，你见过了吗？”

沈嘉鱼高深莫测地摇了摇头：“见过了，太纯了。”

男生们哄笑。

男生们打打闹闹，操场上女生们总是不时地回头，爱慕的目光瞥向站在最左边一直没说话的孟约。

沈嘉鱼拍了一下孟约：“你觉得怎么样？”

其实沈嘉鱼只是随口一问，没想孟约能回答，没想到他眯了下眼睛，看向不远处迎面而来的高一（1）班。

许稚跑在第六个，这是第二圈，少女因为气息不稳，脸颊开始泛红。路过他们班的时候，男生们开始起哄乱叫，她眼睛里闪过瞬间的慌乱，下一秒，不好意思地低头。

大约离了不到一米的距离，孟约用余光看清了她的脸。

是最普通的白色衬衫和几乎透明的肌肤，一晃而过的，还有那双眼。

孟约觉得她是铃兰花，娇贵又纯洁。

然后他说：“是挺漂亮的。”

周围的人都安静下来，过了三秒不知谁说了一句——

“哇哦！”

“这是不是孟约第一次夸女生好看？”

沈嘉鱼不敢置信地问：“你不会看上她了吧？”

孟约轻笑，目光极淡地看了他一眼：“滚。”

那年寒假，冷空气蔓延，电台广播里一遍又一遍重复，今年的最低温又创了新低。

他刚从冬令营回来，就被父母扔进了新东方，要求他必须在高三开学前将托福考出来。

孟约有些烦，但谁都没看出来。沈嘉鱼话痨似的只知道讨论女孩，他皱着眉就这么毫无预警地第一次想起了许稚。

那天下了这座城市的初雪，因为菁华大学的保送名额，他心情更差，沈嘉鱼都不敢招惹他。

可是，许稚出现了。

少女好像不怕冷，穿着毛绒的短裙和白色的羽绒服和闺蜜走在一起。

他一如往常，只是两人的距离很近，走动时带起的风都是初雪融化的冰凉。

雪还在下，寒风凛冽。沈嘉鱼从教室里看到了孟约，跑过来，孟约回头，错过了女孩的视线。

只捕捉到了一个模糊的背影，但孟约确定了，是铃兰。

枯燥的英语课好像有了些乐趣。沈嘉鱼似乎发现了什么，整天在孟约耳边念叨许稚。

“许稚身边的那个男生一直缠着她。”

孟约从书里抬头，冷漠地看了沈嘉鱼一眼。

沈嘉鱼笑得像偷腥成功的猫：“你刚刚干吗说不认识她，那把伞是许稚给的吧？”

孟约不说话没关系，沈嘉鱼已经摸清了：“没想到你这么有心机。”

沈嘉鱼不知道的是，孟约不仅有心机还很贪心。

孟约的骄傲不容许他有半点差错，他不仅要许稚的人，还要许稚的心。

（4）

接下来的第一天他们没了联系。

第二天没有。

第三天没有。

……

直到一年后，从高中起就跟着孟约的手机突然响了。

是个陌生的男声，年纪不小，四十岁左右。

孟约有点疑惑，他耐心地听着男人的话。

“是孟先生吗？我们是时光邮店，因为经营不善已经关店几个月了。在清点信件的时候，找到了一封旧信件，按照信的要求是十年后给您寄，因为特殊原因我们没办法做到。如果您需要的话，这几天我给您寄去。”

店主看到信封上面的寄件人姓名，问：“XZ是您认识的人吗？”

孟约眼眸微动，他合上笔记本，十分认真地和对方说：“麻烦尽快寄过来，这封信对我很重要。”

挂了电话，孟约有些坐立难安，他很好奇信的内容。按照时间推断，这封信是许稚高二寒假时写的。

跨国邮寄，信到孟约手里，已经过了半个月。

亲爱的孟约同学：

你收到这封信的时候，应该已经从菁华大学毕业成为梦想中的人了吧，不知道我有没有努力到和你并肩作战。

我想和你写这封信，想很久啦。但我实在没什么文采，所以接下来的一些话，如果有幸被孟同学看到，孟同学可千万不能嘲笑我。

我超级讨厌英语的，但那天在新东方补习班见到你，我就知道这一定是上天给我的考验。

……

# 第六章

## 想见你想见你只想见你 //

Linwoshi
Wanlayuyi

（1）

深夜十一点的时候，突然下起了雨，许稚在电脑桌前，正看着孟约发表的论文。

容茸给她打来语音电话，在疯狂吐槽："我和你说，我昨天去相亲了。对方居然要求我和他互相交换已发表的论文，还得分别列出SCI（Scientific Citation Index，《科学引文索引》）、CNS（Cell、Nature、Science 三大刊的简称）还有一作二作，你说我这是相亲，还是面试啊？"

许稚默默听着，后来忍不住笑出声："对方是个什么人啊？"

"我妈介绍的，听说是个计算机博士。太恐怖了，头发都没了。整整两个小时在和我讨论人工智能的未来，还具体说明了 NLP（自然语言处理）和 CV(计算机视觉)。我听得脑袋都坏了，我说你们学计算机的是不是都这么不正常？"

"才不是。"许稚还顺便科普了下 CS 的论文，"他说得其实不太对，

AI 的话投 SCI 根本没什么用啊。AI 都投会议，顶会 AAAI（美国人工智能协会）、IGCAI（国际人工智能联合会议）这两个灌水的多，然后稍微好点的就 NeuriPS（神经信息处理系统大会）、ICLR（国际学习表征会议）、ICML（国际机器学习大会），CV 方面的就 ICCV（国际计算机视觉大会）、CVPR（计算机视觉模式识别会议）、ECCV（欧洲计算机视觉国际会议），你具体问问别被骗了。”

容茸怕她长篇大论，连忙岔开话题：“对了，开学前几天我参加了个长荣的同学聚会，你猜我听到什么？”

“什么呀？”

“孟约好像要结婚了。”

许稚拿着手机的手一顿，容茸的声音变得小心翼翼：“我也不确定，就是以前同学说的，你也知道孟约真的太有名了。而且他家不是很有钱吗？好像对方和他家是至交，青梅竹马吧。其实，许稚，我说实话，你别难过，孟约那种人不只是聪明学习好，他好像什么都很优秀，他有富裕的家庭，高知的父母，完美的外表。我们这种凡人，就算是拼了命地追赶，也只能勉强追上其中很小的一部分……”

“嗯……”

“所以啊，我们都已经长大了，长大了就要学会面对自己的平庸和无能为力对不对？”容茸小声问。

“是。”许稚哑着嗓子．沈嘉鱼突然给她发了一张照片，是个高挑的女人出现在孟约身边，两人前后走着，控制着不远不近的距离。

【许稚：？】

沈嘉鱼意味深长地发了个笑脸就不再回她。

什么嘛。

不是说 CMU 学术气息超级浓厚，课业重得觉都不够睡，怎么还有时间约会？

许稚心乱如麻。

容茸在那边小声问：“小稚子，你还在听吗？”

许稚鼻音更重，繁忙的课业和多雨的城市，似乎连健康都开始亮起红灯。她头昏脑涨，最后打开了订票网站，订了最快去匹兹堡的航班。

“容茸，我不能面对。”

“啊？”

“我喜欢了孟约好多年，是死是活，我都面对。你不懂，孟约他必须也只能是我的。”

（2）

匹兹堡的冬天来得格外早，刚 11 月就已经冰天雪地。许稚下飞机时，这座城市正在迎接第一场雪。雪下得格外大，气温好像有 -10℃，许稚还穿着单薄的裙子，瑟瑟发抖。

车打不着，去市区的大巴也买不到票。许稚自暴自弃地想，不然就在机场过夜好了，看是雪下得久，还是她的耐心足。

容茸一直在给她发微信。

【容茸：你不会真去找孟约当面对质了吧？】

许稚在咖啡店里递过银行卡，拿着小票走到等候区，才回她。

【许稚：对呀。】

【容茸：牛。许稚，我以前就觉得你这人厉害，没想到能牛到这

程度。】

【容茸：那你现在到哪里了？】

【许稚：被大雪困在机场呢。】

许稚接过咖啡，看准窗边的座位，小跑过去坐着。过了五分钟，容茸都没回许稚，许稚也没多想，以为容茸睡着了。

一个小时后，她手机突然响了，是个陌生的号码。

许稚犹豫地接了起来，对方没说话，她灵敏地听到了倒车雷达的声音。

也不知是不是有心电感应，许稚突然愣在原地。落地窗外雪花更大，她看得有些出神。身旁有年纪大的中国游客，看她一个小姑娘在机场待了那么久，问她要不要搭便车。

许稚刚要说话，耳边就听到孟约的声音，真的冷，比这漫天大雪还要冷。

他说："许稚，"下一句是，"站在那儿别动。"

是命令，也是威胁。

"小姑娘，走不走呀？"

许稚顿了下，立马摇摇头："不用了，有人来接我，真的谢谢您。"

大妈摆摆手，还嘱咐她一个小姑娘在外要注意安全。

半小时后，孟约穿着黑色的羽绒服出现在许稚的视野里。

他肩膀上都是雪，看到她时眉头紧皱。机场聚集了很多人，大包小包，拥挤嘈杂，但他温柔的神色中带着凌厉。许稚看着他，有些狼狈。

从出站大厅到停车场，路程大约十五分钟。许稚跟在他身后，手机一直在振动，她无心去看。前面那人脚步越来越快，她走得踉跄。她停下来看着孟约的背影，下一秒，脚步加快，猛地从背后抱住了他。

“我走不动了。”她脸颊贴着他的羽绒服，声音在冷风中更显可怜，似乎是感觉到了孟约的僵硬，她又将他抱得更紧了一些，“你怎么来的呀？你怎么会有我手机号的？你不是要和别人结婚了吗？你为什么要吻我？你到底喜不喜欢我呀？”

少女的问题太多，说得还委屈。孟约转身，将她拥进自己怀里，她身体冻得像冰。

他没说话。

因为他的安静，许稚难过起来，她狠心地踢了他一脚：“渣男。”

她推开他就要跑，又被拽回，被拥进怀里，他声音一如既往的平淡清冷：“我有和你说过我抵抗不了诱惑吧？”

许稚没明白，眼睛被雪花挡住。他将她拥得更紧，她眨了下眼睛，想从他表情里找出蛛丝马迹。只见他脑袋垂下来，再后来，她唇上有冰雪的味道。

四周白茫茫的，气温一降再降，身体早就被冻得毫无知觉。掌心被攥紧，心口仿佛有羽毛滑过，她脑袋一片空白，只觉得眼前的人似乎要将自己吃掉。

诱惑到底是什么？

“我要是亲你，你不会躲？”他眯着眼睛反问。

许稚顿了下，气势忽然降了下来：“我刚刚问你的问题，你听见了吗？”

“没有。”

“那你在想什么？”

“吻你。”他目光滚烫，指尖滑进她后颈，冰得她缩起脖子，呼吸变得更急。她情不自禁地仰着头，唇又被贴上，摩擦出暖意，喉间有薄荷和微苦的烟草气息，“从见到你的那一秒我脑子里只有一个想法，就是该怎么吻你。”

许稚瞪大眼睛，觉得眼前的孟约有些陌生：“为什么要吻我？”

“我想。”

“可你做的不都是因为你想吗？”

他眼底含笑，有千万种情绪在翻滚：“不是，我做很多事情不是因为我想，但是我吻你，是因为我想。”

这话说得无比绕口，许稚却被说服了。

车内的暖气被开到最大，许稚裹着孟约扔过来的羊毛毯，靠在副驾驶座位上有些迷糊。

雪下得大，雨刮器不起作用，车速很慢，她悄悄偏过头静静地看着孟约。

他穿着印着学校名字的卫衣，很普通的款式，可穿在他身上就是好看。容茸总说孟约有多么高不可攀，可许稚偏不信邪，你看他现在不就活生生地出现在她一米范围内吗？

许稚收不回视线，心跳声还没平息，突然有个大胆的想法。

“孟约。”

他侧过头来。

许稚看到他漆黑的眼眸，心里一痒：“我还没你的联系方式。”

孟约看了她一眼："如果我记得没错，是你删了我。"

许稚理亏，撇了下嘴巴："那你就不给我了吗？"

没有来美国之前，她总在幻想孟约每天是怎么生活的。虽然关注着他的微博，可他沉默寡言，一年都发不了几条。好在沈嘉鱼不遗余力地出卖他，偶尔还能放张偷拍照。

舍友们都以为许稚有个在美国的男朋友，因为她收藏着旧金山的天气，时时关注着北美的新闻。可这四年没见她那个男朋友现身，她们私下都说，可能真的是遇到渣男了。

许稚害怕过孟约有喜欢的人，她甚至会绝望地告诉自己，他所遇到的都是比自己优秀的人。

容茸电话里说的那个结婚对象，更是让她害怕。

许稚有些着急，眼尾都开始泛红："你不给我，我就去你们学校闹，最后搞一顶学术不端的帽子给你戴着。"

车猛地停了。

前面是一幢公寓楼，许稚跟着孟约进去，房子不大，两室一厅，他住在侧卧。

"你酒店订了吗？我最近课题不顺，很忙。"孟约转头看向许稚。

她后知后觉地点点头，过了两秒，又说："没订。"

雪下得越来越大，有种疯狂的味道。

孟约当着她的面，将卫衣换成一件灰色的毛衣，速度很快，但她还是看见了他衣服下的腹肌。房间真的很小，空气里都是孟约的味道。笔记本电脑和书本有些凌乱地放在书桌上，窗帘露出一个角，中央空调才开始工作，像是梦中的场景，得以窥见，这一切对于许稚来说都太梦幻了。

如果不是还知道他有个传说中的结婚对象，许稚恨不得现在就将他扑倒。

门口突然传来开门的声音，孟约不在意："应该是舍友。"

进来的是个高挑的中国女人，长得很美。许稚觉得她有些眼熟，脑海里搜寻名字——乐音，那个和孟约在一个集训队，拿到 IMO 金奖的乐音。

许稚脸色微变，来不及思考，就拿着自己的外套往外走。擦身而过时，乐音仓促地看了她一眼，而后疑惑地看向孟约："你朋友？"

孟约连外套都没拿，快步跟上，在电梯口拦住了许稚。

"你跑什么？"

许稚不理他。

孟约看着她，突然笑出声："你不是来找我的吗？"

许稚抿着唇，脸鼓绷紧："是她吗？"不等他回答，"你是不是要和那个乐音结婚？你既然要结婚了，为什么还要亲我，还是你故意想引诱我，明知道我喜欢你。"

"把你手机给我。"

"啊？"

"不是要联系方式吗？"

她气撒了一半，被堵回来，最后还是不情不愿地将手机递给他。

孟约拿着手机："密码多少？"

"0109。"

他突然低声笑："我生日？"

许稚还没从情绪里走出来，她低着头咬着唇，低声抱怨："你好奇怪啊，总是这样什么都不说清楚。”

孟约拿手机的手顿了下，目光忽然变得幽深。许稚下意识地想逃，头顶就传来他冷淡又认真的声音——

“那你听好了。一、我只在匹茨堡待一年，乐音是我舍友的女朋友；二、我喜欢你喜欢得发疯，你觉得我还有心思招惹别的女人吗？”

空气安静了好久。

许稚蒙蒙地仰头看他。又过了几秒，她不确定地开口：“你是在表白吗？”

孟约被气笑了：“不然呢？”

“哦。”许稚看了眼他，又连忙低头看向脚尖，“那我能拒绝吗？”

“什么？”他皱眉，拉着她的手又用力了几分。

他目光沉沉一直盯着许稚的脸，他真的没有百分之百的把握。四年的空白，高中时期突然的拉黑，明明看起来是他孟约占据着绝对主导权，可事实上，所有的一切都把握在许稚手上。

许稚看到孟约眉头紧皱，看来还有几分着急和不安。

“不是不是，我准备好久了，告白词都写了好几版，你能不能先让我说完，然后你再同意？”

小姑娘幻想过无数次和心上人告白的情景，有甜蜜的，有心酸的。她有太多的爱恋要告诉他，告诉他自己有多爱他，如果可以，下辈子下下辈子下下下辈子都想和他在一起。

“许稚。”

孟约叫她，她仰头，猝不及防他又亲了下来，带着万分的柔情和爱恋。

她指尖被他抓在手心，心口滚烫，许稚悬着的心起起伏伏，好像有一万只小动物在里面赛跑。

他老被嘲笑是冷淡的人，是学术界有名的高岭之花，但只有许稚知道他亲人的时候有多热情。

（3）

“虽然我也不想打扰你们，但是你们确定要站在电梯间而且在监控下一直亲吗？”乐音只是回来换件厚外套而已，没想到还要被迫吃狗粮。她含笑一直看着红着脸的许稚，“你情敌很多，但我不是哦。如果明晚你不走的话，可以见识一下。”

孟约警告地看了乐音一眼。乐音耸了耸肩，走进电梯，冲着两人拜拜。

许稚像乖媳妇一样被孟约又拉回到公寓内，她坐在沙发上悄悄看着孟约在打电话。她静静地听着，只能偶尔听到几个单词，还有几天就是期中考试了，她想孟约一定真的很忙。

“你要忙的话就先去学校吧，我没关系的。”反正，她来的目的都达到了。

孟约没接话，反而问她：“饿不饿？”

许稚点头。

孟约没说话，直接走进厨房，没有什么现成可以加热的食物，冰箱里只有牛奶。许稚默默看着，要不要说其实她也没那么饿？

“你和我去学校吧。”

“啊？”

孟约将牛奶放在微波炉里加热，转头看她：“这个天气外卖估计不会送，家里什么都没有，只能去学校吃了。”他看许稚一直皱着一张脸，又低低在笑，“这么紧张？”

“叮——”

牛奶加热好了。

许稚主动上前打开微波炉拿过牛奶，孟约想到什么，忽然从身后按了下她的脑袋：“没努力喝奶？”

“啊？”

他轻轻拍了下她的后脑：“感觉没长高。”

许稚脸猛地红了，突然想起自己曾经大言不惭地告诉他——“那我从今天开始多喝牛奶，我还小还会长高的。”

她咬着牛奶杯，声音像蚂蚁一样小：“喝了。”

每天三包，简直将牛奶当成水一样在喝，但就是长不高，四年后还是刚刚到孟约的肩膀。

许稚看着他，表情有些认真：“你是不是嫌弃我了？”

“嗯？”孟约的语调忽然漫不经心起来，像是在故意逗她，“要是嫌弃怎么办？”

她一急，连忙说：“不行，你不能始乱终弃。”说得太快，还咬到了自己舌头。

孟约捏了下她的下巴，力度很轻，好像在对宠爱的猫咪一样。

两人靠得很近，呼吸灼热，几乎像是吻在肌肤上。

许稚不用想就知道自己的脸一定很烫，她有种踩在云端很不现实的感觉。

孟约……

孟约。

为什么他的名字这么好听呢？

只是很普通的两个字，可连起来就是这么特别。

她一定要将孟约藏好：“我要和你约法三章。”

“什么？”

“一、你必须要有做许稚的男朋友的自觉，不可以随意散发魅力；二、虽然许稚有很多小缺点，也不那么优秀，但你不能始乱终弃；三……”

许稚突然停顿下来，仰头看他，笑得很甜：“你可不可以再亲我一下？”

孟约微愣。

许稚忽地踮起脚，甜软的吻蜻蜓点水似的印在他嘴角上。

他回神。

许稚已经捧起杯子开始喝奶，目光狡黠，像是做了坏事的小朋友。

孟约眼眸微眯，盯着她启合的唇。他想，许稚就是上天派来让他沦落的。

大雪还未停止，天空依旧是阴郁的灰。

昏暗的光，深色的窗帘，白色的毛衣，让她过分通透。

孟约忽然有点恨她为什么要来到这里，还有大半年的时间，让他要怎么度过。

（4）

到食堂的时候正是饭点，许稚跟在孟约身旁。她轻轻地呼吸，努力将注意力放在菜上面，让自己不要紧张。

“吃什么？”

“通心粉就行。”

孟约看了她一眼，替她拿起餐盘。

许稚接过，发现他还在看自己：“怎么了吗？”

他忽然就笑了：“没想到你这么好养。”

许稚愣了下，脸又开始发烫。难道在他心里，她是挑食又娇气的人吗？

身后走来几个人，大约是认识孟约的，和他聊了几句后，视线就落在许稚身上。

“女朋友？”

“嗯。”

“就她呀？”

“是。”

许稚不知道他们在打什么哑谜，因为“女朋友”三个字，已经让她晕乎乎了。

孟约低头和她轻声介绍：“这是我老师。”

许稚立刻乖巧地笑着问好，对方似乎对她很感兴趣：“这个月底去苏黎世把她也带着，我报销。”

孟约看了她一眼，又看向老师，“嗯”了一声。

那几个人走后，孟约打趣她：“脸这么红？”

许稚端着盘子低着头不去看他。

孟约故意又重复了一遍：“女朋友。”

“……”

好吧，她从来都不是他的对手。

许稚先找了个位置坐下来，她本以为孟约会坐在她对面，没想到他在她身旁坐了下来。

两人靠得太近，他拿刀叉时，不时会碰到她。许稚忽然想到不知道从哪个微博上看到的，说如果男朋友很黏你的话，他不会坐在对面，只会坐在你身旁。

很黏人？

许稚偷偷将这三个字和孟约配对。他冷漠的眉眼，凌厉的下颌线，清冷的气息，好像没有一点儿符合的。

但，她的衣服和他的外套放在一起。

许稚控制不住地勾了勾嘴角。

“好吃吗？”孟约问她，声音很轻，尾音更轻。

从前她一直觉得他冷淡，现在细细探究，其实都藏着温柔。她看过他参加那些顶级会议的视频，在一群学术大佬面前，他不卑不亢地发表着自己的意见。

他总穿着黑色的西装，衬衫最上面的一颗扣子都完整地扣好，向来没什么表情的脸，更加冷淡。

网友叫他禁欲男神，还有人给他做了个简历。

说他附小状元毕业，长荣中学状元毕业，CMO 状元，IMO 状元，UCB 计算机系状元入学，UCB 的 CS 硕士学位毕业历史最高分，“我在任何地方任何时候都是第一”成为孟约最有名的 slogan（标语）。

这样的人，原来其实很温柔。

她真的觉得超级不现实，反应都慢了半拍：“好吃。”

他“嗯”了一声：“这个月底有空吗？”

许稚想起刚刚老师的话：“是去苏黎世吗？”不知道是不是错觉，她总觉得那老师好像认识她。

“嗯，机器学习方面的会议，你去听听也挺好。”

这话说得，她根本没办法拒绝。顶尖学术会议，她这种小透明能去已经是万分荣幸了，拒绝的话也太不识好歹了吧？

“应该有的，期中考也结束了。”

提到期中考，他忽然笑了：“笨。”

“啊？”

“不知道少选几门要期中考的课。”他声音像是就贴在她耳边。

许稚握着叉子的手都软了，她怎么知道哪些课要期中考，哪些课不要……她问：“还可以这样吗？”

“学分够了不就行了。”

“我又不知道。”

“我知道。”

许稚扛不住他的目光，手忙脚乱地拿起旁边的冰可乐喝了一口。

“那……下学期问你。”

（5）

孟约真的很忙，吃完饭就将许稚扔在自己的公寓里，自己跑去实验室了。

许稚闲得无聊，正打算刷刷微博，胡淡淡就在微信上叫她。

【蛋蛋：现在孟约在你旁边吗？】

【一只阿只只：不在，怎么啦？】

【蛋蛋：你登上微博没？快去孟约的微博看看，万年不冒泡的人居然还玩浪漫，我的少女心啊！！！】

许稚切到微博，发现自己消息极多被卡了几次，才通畅起来，然后她发现孟约关注了自己。

她平复着心跳，点开孟约的微博，最新一条他发了一句英文诗：

Shall I compare thee to a sunmmer's day.

这是莎翁的情诗，意思是能否把你比作夏日璀璨。

这句诗其实没什么，要命的是，他还配了两张照片。一张照片很模糊，能看出来年代久远，是夜雨里一个女孩的背影。她认出了，是高一那年参加沈嘉鱼的生日会，她站在门口一个人生闷气。还有一张，是她在中国学生学者联谊会活动的酒吧门口，也是绵绵细雨，天昏地暗。

她心跳得更快。

【蛋蛋：看完了吧宝贝！我认得出来照片里的人是你，那条裙子只有你有！】

【蛋蛋：你们是不是在一起了？】

【蛋蛋：孟约的意思是不是暗恋多年终于成功啊？我真的醉了，孟约这种人居然会这么深情，一点儿都不符合他的人设好吗？】

许稚大脑一片空白，指尖发麻，手心滚烫。她根本看不清胡淡淡发了些什么，也不知道该回胡淡淡什么。

她想，或许，在她满心满意喜欢孟约的时候，他是不是也在喜欢自己呢？

他说："我喜欢你喜欢得发疯，你觉得我还有心思招惹别的女人吗？”

难道是真的？

这种感觉怎么形容，像是买了一张彩票，多年以后突然告诉你，你中了五百万，还可以过期兑换。

那条微博下，有不少人在猜测孟约是不是谈恋爱了，更有人直接在猜照片里的女人是谁？

沈嘉鱼作为孟约众所周知的好兄弟，转发说：

**我知道是谁但我不说。**

有嗅觉灵敏的网友好像找到了蛛丝马迹——

【好像是只只，这种穿衣风格，很像她。】

【只只 +1，之前孟神都没有绯闻的，只只去美国读书后，就和孟神有联系，而且只只之前在视频里说过她去美国是为了一个她喜欢得很厉害的男生。能比只只还厉害的学霸，那不就是孟神了吗？】

【只只坐实嫂子身份了吗？】

当然也有不赞同的声音——

【不会吧，孟神怎么会那么肤浅喜欢一个网红啊？】

【孟神要喜欢也喜欢那种很厉害的学神小姐姐吧？】

【不要乱猜了。】

……

晚上温度更低，孟约一个小时前给许稚打电话。

“我桌上的笔记本电脑的密码是 0116，你无聊的话可以随便玩。”

0116？

1月16日，是冬天。

寒假。

许稚猛地想起，是她送伞的那天，她和孟约说了第一句话。

她深呼吸，握紧手机："你还要多久呀？"她声音很轻，本就软糯的音调，现在更加软，可能她自己都没意识在撒娇。

孟约顿了下，从座位上站起来，走到没人的角落："还有一会儿。"

许稚长长地"哦"了一声。

这举动有点任性的小抱怨。

孟约声音更低，含了些笑意："不想等吗？"

"没有。"

"哦。"

"真的没有！"

孟约说："知道了。"

许稚不明白："知道什么了呀？"

"撒娇。"

许稚脸又烫起来，想将电话挂了。下一秒就听见他笑道："我知道很无聊，也很漫长，但是就想你在。"

"我在呀。"

"想你再近一点儿。"他安静了两秒，然后叫她名字，"许稚，我很喜欢，你要知道。"

"那你为什么以前不说？"

他又笑，低低哑哑的声音想要从她耳膜钻进她的心："是你先跑的。"

“……”

“你信誉不好。”

“不是。”她小声地反驳。

“所以，这次由我来主动，你没有权利拒绝，也没有权利结束。”

孟约回公寓时，已经快到晚上十点，孟约的舍友早早就回来了，乐音也在，两个人还做了饭。

舍友是个华裔叫 Joss，中文说得别别扭扭，看到许稚格外激动，刚要说出口的话就被乐音堵了回去。

许稚在脱外套，其实，让他说也不碍事，她今天已经受了很大冲击了，不差这一回。

Joss 撇了下嘴，贱兮兮地问孟约：“这就是今天你把我的车开走的原因？”

孟约“嗯”了一声。

许稚一愣，她对孟约的家庭情况也不是很了解，但从各方面的传言得知他家富得格外可怕。

他看着她：“Joss 的。我就在这儿待一年没必要买车。”

许稚没懂。

Joss 补充：“那是，得攒老婆本啊。Yul 说他女朋友可娇气了，什么都要最好的。”

“我不娇气……”

孟约将自己的拖鞋递给许稚，自己穿了一双夏季的，头也没抬：“娇气。”

拖鞋很大，许稚 36 码的脚显得格外娇小。她绞尽脑汁地回想，她到底哪儿给孟约的错误信息。

两室一厅，乐音今晚没打算走，自然要和自己男朋友一起睡。

那她呢？

许稚眼睛瞟着，不经意又和孟约撞上，她藏不住秘密，脸又红了起来。

“我想和你睡。”

孟约拉着许稚，不顾那两双炯炯有神的眼睛，直接将她带进了房间。

在黑暗里待太久，灯猛地打开，光线太亮，许稚不适应地眯了下眼睛。耳边听到关门声，下一秒，他身体就靠了过来，唇好像就埋在耳边，呼吸打在肌肤上……

许稚不敢动。

“你本来打算和谁睡的？”他声音很低，许稚甚至还能听到乐音和 Joss 在客厅的对话……

“我……”她咬了下唇，“没打算。”

孟约低低地笑：“还说不娇气，”他手指擦了下她的眼尾，“眼睛红得跟兔子一样，小可怜。”

客厅里，乐音好像要看恐怖片，Joss 胆小地一直说 No，两人在争执，后来扯到了孟约和许稚。

乐音：“我就要看，我想看这部片很久了。”

Joss:“No，No，No，要不叫 Yul 和 Kylee（许稚的英文名）一起看？”

乐音：“胆小鬼。”

……

许稚仰头，被迫和孟约贴得更近了些，好像肌肤之间只隔了一层薄薄的毛衣，而毛絮又刺刺的，让人发痒。

她轻轻地呼吸，目光也轻轻地看着他，真的太近了，能看清他根根分明的睫毛和毫无瑕疵的肌肤。

这个人到底怎么回事，作为博士不仅没秃头还没黑眼圈……

忽然，又听见他笑："那就满足你。"

啊？许稚猛地睁大眼睛，心跳更快。房间太安静了，他一定听到了。

许稚心慌地换了下站姿，却不知被脚下的什么绊倒，下一秒整个人就往孟约的方向扑了过去。

空气里都是孟约的味道。

她的唇贴在他脖颈处，似乎能感受到他正在跳跃的脉搏。

许稚慌得要命，心跳扑通扑通，好像随时都能跳出来。她倒在了孟约的怀里，还亲到了他的脖子。

她手心紧张得生出些潮意，下一秒手忙脚乱想要起身，没想到掌心打滑又摔到了他怀里，唇不偏不倚贴在了他喉结处。

男人温柔如海的气息越来越浓也越来越热。

留了一条缝的窗户，似乎有风吹了进来，吹起了窗帘一角，也吹乱了她的心。

他说："许稚，你在亲我。"

乐音和Joss终于争论出结果，Joss站在孟约的房门口在敲门："Yul，第一天带女孩回来就在房间里不出来。"

许稚连忙推开孟约站好。他看了她一眼，就将房门打开："既然知道，那你还不识好歹？"

Joss 被他理直气壮的不要脸惊到，目光立马扫向许稚：“Kylee 要看电影吗？”

呃……其实恐怖片的话，她也很不喜欢。

但是……

“好啊。”独自在狭小空间面对孟约真的是太困难了，她怕自己心跳过速而死。

于是他们四个人依次坐在沙发上开始看电影。

是个日本鬼片，很经典，她堂姐许楚瑜曾经拉着她看过，当时她全程都低头看书，连音效都不肯听。而许楚瑜看完后，留下了心理阴影，从此以后晚上都不敢关灯睡。

许稚握着水杯努力分散注意力，忽然放在旁边的手机振动了下，是刚刚重新加了微信的孟约。还是那个她偷偷搜过看过无数次却又不敢加的号码。她曾经让他错失了高考，她怎么敢再去打扰他？

许稚抬头看了孟约一眼，只见他好像什么都没发生一样在看电影。她疑惑地点开——

【Yul：怕不怕？】

【Yul：怕的话就回房间睡……】

许稚心一跳，抬头又看了过去。这次，他像早就在等她一样，眸子里都是笑意。

她捏了下手机，忽然觉得孟约好像哪里变了，变得有些坏。

唔……她喜欢的那种坏。

后来在 Joss 大惊小怪下，电影看到一半就看不下去。三个学霸的话题绕到了各自最新的课题上，后来不知怎么回事突然又转到许稚身上。听说她近期要期中考，纷纷很热心地要给她复习功课。

于是……

匹兹堡初雪的夜晚……

满屋的暖气，四个人在客厅埋头苦读。

许稚苦兮兮，总觉得这发展有点不太对。

晚上睡觉的时候，她洗好澡拘谨地坐在床上，被孟约猛地拉到怀里。

“睡不着？”

“嗯。”

孟约将手收紧，下巴抵在她额头上：“我也睡不着。”

许稚静静地听着。

“梦都没有梦到过，”他声音喑哑，“更像梦了。”

（6）

孟约真的注意到许稚，是那次送伞。

1 月 16 号。

那天早晨他和父母有一次不愉快的争吵，吵架的话题还是那个，他大学该在哪里上。

绵绵冬雨让空气能见度变得极低，她就在朦胧里跑了过来，像夏光，一句话都没说，就强塞给他一把伞。

爱慕他的女生不少，大胆的更不在少数，但这样慌慌乱乱奇奇怪怪的好像真的没有。

他笑了。

因为这把伞，沈嘉鱼八卦了一节课。

来自英格兰的外教像是对牛弹琴，忍无可忍时叫孟约起来回答问题。他只扫了一眼，就准确无误地说出正确答案。

外教无话可说。

沈嘉鱼看着外教吃瘪的表情，笑得差点儿抽过去。

“到底是谁？”

他没搭理沈嘉鱼，下一秒鞋就被踩了。

是雨里的那朵铃兰花，少女憋红了脸，眼尾好像都红了，实在是可怜。

他心头发痒，刚想说什么，就被少女的喷嚏打断。

“刚刚踩你的是许稚，你知道许稚吗？长荣新校花啊。”沈嘉鱼叽叽喳喳。

“不认识。”

他怎么可能不认识？

托福课真的很无聊，要不是为了躲避与家人心烦的争吵，他才不会在这里。但看许稚红着脸，又假装不经意地看他，倒是有趣多了。

“一班的许稚，二班的桑柔，你觉得谁更好看？”

“许稚吧。我喜欢纯的。”

“傻子。”说话的人又转头问孟约，“你觉得呢？”

“许稚吧。”他写着阅读理解随口一说。

“啊？为什么？”

他撑起下巴，将耳机的音乐声调大，对方将话又吞了进去，不敢再打扰他。

为什么？因为许稚不知死活地引诱他，必须得负责。

晚上六点，Joss 和孟约还在实验室没回来，乐音将许稚带去另一个同学的家。

“别紧张，我们大农村难得的社交。”

许稚点头，乐音拉着她的手八卦地问她:“你们是不是在花城的时候，就在一起了啊？”

“没有。”

乐音不信：“和孟约在一起是不是特别爽，有种全世界都是自己的感觉？”她注意到许稚的目光又笑道，“别用这种眼神看着我，我早就看开了，这么难控制的男人还是少碰为妙。”

许稚：“……”

这房子比 Joss 和孟约的公寓大不少，已经来了不少人，大部分都是中国人。有几个人在打麻将，乐音刚到，就被叫了过去。

许稚笑着推了推她：“去吧，我去沙发上坐着。”

乐音嘱咐了一句，就走了过去。

晚上七点，Joss 和孟约一起到了。孟约早上出门太早，许稚还没睡醒，现在才知道他今天穿了件黑色的毛衣。有几个人见孟约过来，立刻将他围住，不知在说些什么。

他脚步顿了下，显然抽不开身，目光穿过人墙，看了她一眼。

许稚下意识抓过一包玉米片，掩耳盗铃地想挡住自己。

“你也是 CMU 的学生吗？”忽然有个普通话说得很蹩脚的妹子，吃着西瓜，凑过来和许稚聊天。

许稚摇摇头。

她也没多问就“哦”了一下，目光还留在不远处在和别人说话的孟约身上：“帅吧？”

许稚点头赞同：“帅。”

“你可千万别喜欢他。这种带着禁欲气息的男人太冷漠了，听说不少白富美和他告白都惨遭拒绝。”

许稚听到这里来了兴趣，她转头看向妹子：“很多白富美和孟约告白吗？”

“对啊，据说当年他在西岸的时候，东岸的网红可是一批一批地过去。可惜啊，都没用。”妹子见她这么感兴趣，身体凑近了些神神秘秘道，“但是最近情况发生了一些改变，我觉得孟约可能有女朋友了。”

许稚一愣。

“那天孟约在微博发了一句诗，‘Shall I compare thee to a sunmmer's day. 这可是莎翁的诗啊，他一个只会写代码的理工男，怎么可能这么浪漫，一看就是谈恋爱了。而且……”

“而且什么？”

“我告诉你个秘密，你去看看孟约的论文，他的论文二作都是一个名字，我怀疑是他的暗恋对象。这就是我为什么迷孟约的地方，从大学到现在这么多年，居然能这么痴情专一。”

妹子话里的信息太多，许稚一时间反应不过来，刚想细问，就看孟约已经和对方聊完，从那边走了过来，妹子吓得整个人僵住。

他很自然地坐在了许稚的左边（妹子在右边），看见许稚手里捧着一杯冰可乐，他皱了下眉，从她手里拿走：“别喝那么多冰的。”

许稚看着孟约拿着她的可乐自己喝了一口，另一边的妹子身体抖得更厉害了。

顿时，许稚觉得如芒在背。

这是一个很私人的聚会，来的几乎都是家世背景各方面都差不多的好友，本来这种圈子里带个美女，或者和女生亲密接触没什么大惊小怪。但这一切如果发生在孟约身上那就太奇怪了，眼光严格、眼睛长在头顶上、目中无人、高冷无比的孟大神居然会这么温柔地对一个女孩？

而当事人并没有发现有什么异常，反而俯身贴在许稚耳边轻声问：“饿不饿？”

许稚攥着手心，觉得自己可能走不出这个房间，怕是要被在场的所有女生猎杀。

孟约没得到答案有些不满，手轻轻捏了下她的肩膀。许稚下意识侧过脸，距离太近，唇不经意间碰到他的嘴角，她的脸噌一下红了。

“饿……饿。”

“一会儿先吃点火锅好不好？晚上给你做夜宵。”

好好，吃什么都行。

呜呜呜，她居然在大庭广众之下被亲了。

许稚努力保持镇定，忽然说：“你会做菜？”

孟约低声笑：“不会。”

“那你怎么做？”

“为爱学习，我伟不伟大？”他声音绕过舌尖，有些故意地拉长。

许稚脸更红了：“伟大……”

一个屋檐下的几个人被这一幕闪瞎了眼——

“是我看错了吗？那个秀恩爱虐单身狗的是孟约吗？”

“孟神就是牛，不声不响就追了个漂亮妹子。”

“要不我去问问嫂子还有没有小姐妹介绍介绍？”

“滚……”

过了一会儿终于有人看不下去，叫孟约去打牌。

“你打不打？”孟约问许稚。

许稚立马摇头，她拿过桌上放着的玉米片：“我看电视就行。”

孟约点头，坐回桌边。

旁边一直僵硬的妹子终于恢复过来，她仔仔细细地打量着许稚：“你别动，我一定要好好看看，搞定孟约的是个怎样厉害的女人。”她看了一会儿，突然大叫，“你不会就是那个网红只只吧？”

许稚点头。

“天哪，厉害。”

“……”

在匹兹堡的第二个夜晚，许稚被一群人围着调侃。后来她才知道，其实孟约本来没打算来这个聚会，因为她在，所以来了。他想让身边人知道他有女朋友，也想让她多点安全感。

晚饭是一群人在一起煮火锅，从中国超市买的牛油锅底。许稚不能吃辣，被辣得一直在喝水，孟约熟门熟路地从冰箱里拿出一瓶李子园递给她。

房主立刻不满：“这是最后一瓶啊！匹兹堡买不到啊！没想到你是这样重色轻友的孟神！”

许稚低头笑，心里已经甜过了草莓味的李子园。

在座的几乎都是学计算机专业相关的，大家谈到留学生涯都不由自主地开始倒苦水——

“一回国参加同学聚会，他们就都以为我在国外泡吧 party 玩不停，谁能知道陪伴我的只有冰冷的炸鸡汉堡和薯条。”

“更惨的是还要担心随时被劝退。”

“谁有我惨？开学了，导师还没定，没名额早说啊，我就换个人，现在尴尬地还要多混一年。”

有个男生问许稚：“Kylee，你为什么想学 CS？这就是条不归路，硕士就是苦力，还是心甘情愿的苦力，以后如果做不成研究学术类的，还得乖乖做‘码农’。”

“人家有 Yul，你操什么心。”

“CS 那么苦，我问问小师妹怎么了？再说你以为这世界上有几个 Yul 这种变态啊。一年七八篇顶会，我都以为那会议是他家开的。”

深知孟约家底的好友插话：“也不是没有可能。”

许稚捧着水杯，其实她读计算机一开始确实是受孟约的影响，后来才发现乐趣。她能理解这几个人对孟约的羡慕，毕竟所有的文章都能写进简历，而简历对他们来说又是多么重要。

就比如她，至今为止也只中过一篇顶会。

她明天就要飞回伯克利了，第二天就要进行期中考。下次见面还不知道是什么时候，她从出门起就一直没说话。

雪还没停，两个公寓离得不远。Joss 和乐音闹着还要去看午夜电影。空荡荡的街道上，只剩下许稚和孟约。

孟约牵住她的手，放到羽绒服的口袋里。她仰头看着他，路灯下，他好看得格外不真切。

怪不得，哪怕从不刻意，也有一大批粉丝追随着他。

有记者采访过孟约，问他怎么看待自己有这么多粉丝。

他怎么回答的？

“如果因为我有更多人喜欢 CS 喜欢 AI 那是我的荣幸。”

她忽然想起高中时期在他桌子里发现的那几本计算机的书籍。

“其实我早就知道你喜欢计算机了。”

“什么时候？”

“就校庆那天，我给你送卷子时，不小心看见了。”当时学校里满城风雨说孟约因为菁华大学保送名额被取消颓靡下去，连数学国家队都不肯去。她还傻乎乎担心了很久，甚至以为他要另辟蹊径呢。

等她自己学计算机后，才知道数学的重要性。她也终于明白，孟约的做法。

孟约笑了一声，将她抱到怀里：“如果你期中考考得好的话，给你个惊喜。”

“嗯？”

许稚一愣，她现在就飞回去彻夜苦读还来得及吗？

（7）

“所以你去匹兹堡两天两夜，就是去学习的？”胡淡淡恨铁不成钢。

许稚刚考完最后一门，小声地反驳：“我们好歹确定了关系。”

“这么好的机会，你不知道珍惜？”胡淡淡还想说什么，许稚的手机响了，她神情羞怯地拿着手机走远了几步，胡淡淡“嘁”了一声，“不用猜就知道是孟约。”

今天下雨，许稚撑着伞走在校园里，因为气温降了些，她在裙子外穿了件厚一些的长款毛衣。

“考完了？”孟约的声音不太清晰，他那边还有键盘的敲击声，许稚想他应该还在实验室。她真的觉得读博士太辛苦了，不知何时毕业，万一跟个不靠谱的导师，连未来都迷茫了。

“嗯。”她又小声地问，“你怎么知道的呀？”

“我可是你亲师哥。”他声音含了些笑意，没刚刚那么哑，“怎么现在都不叫我孟约哥了？”

许稚有些不好意思，就听见他说：“听说你叫沈嘉鱼都‘嘉鱼哥嘉鱼哥’地叫，我怎么没这待遇？”

啊……原来是被出卖了。

“孟约哥？”

他忽然不说话了。

许稚心头打着小鼓，在胡思乱想地猜，难道他没听清？

“孟约哥。”她又叫了一声。

孟约低低地笑：“刚刚有人路过。”

“啊？”

“所以，被听见了。”

怎么还能被人听见了呢？许稚跺脚。

他还不慌不忙：“对方是个会点中文的韩国人，他说叫欧巴更好。”

过了两秒，孟约叫了声她名字：“不逗你了。”他声音忽然认真起来，还带着难得明显的温柔，他说，“只只，你查看下邮箱。”

晚上许稚给自己倒了杯牛奶，放在笔记本电脑旁。前一阵因为考试她太忙了，连上次得到的信息都没有去查证。

许稚打开邮箱，在一堆广告里找到了孟约的邮件。他应该是在她离开匹兹堡那天发来的，不知为何，她心跳得突然很快。

邮件的内容很简短，只有一句话，但有个非常大的附件。许稚忽然不太敢下载，好像如果打开，就走进了那个名叫孟约的神秘世界。

另一边，Joss 看到在实验室熬了二十个小时的孟约一直看着手机，疑惑地问：“你不去睡一会儿？”

“我有点紧张。”孟约说，他盯着微信上许稚的那个头像头也没抬。他不知道小姑娘有没有在看，看了后又有什么想法。

Joss 莫名其妙地看了他一眼，随便一猜：“这次投稿没中？”没中的话那就太好了。

孟约极淡地扫了他一眼：“中了。”

那你紧张什么啊，Joss 在心里吐槽。

孟约大约心情还不错，和 Joss 多聊了几句：“你当时追乐音的时候紧张吗？”

“紧张啊，她答应我的时候，我比中顶会还开心。”Joss 明白了这话里的逻辑，“呃，你不会是在紧张 Kylee 吧？”他想了想也是，孟约这种人一直被捧得高高的，估计除了 Kylee，也没啥谈恋爱的经验。

“我和你说女孩子不管对还是错，你哄她就行了，反正女人都是不讲道理的。”

“哦？”

Joss 难得有一项能比孟约厉害的，立马滔滔不绝起来，甚至从冰箱里拿出两瓶啤酒准备秉烛夜谈：“这方面我经验太多了，你别看乐音是个学理工科的以为她很理智，其实女人发起疯来都一个样。我和你说，你也别太让着 Kylee，不然以后有你吃苦的地方。再说你有这张脸，我相信 Kylee 舍不得的……”

Joss 讲得太投入，没发现门从外面开了，乐音拿着包站在门口。

孟约抬头看了眼，拿起桌上的啤酒往房间走去。

Joss 不满：“你走什么啊？”

“困了。”

“困什么困，我还没讲完呢！”

乐音的声音从身后幽幽地传来：“哦？那不如你和我讲讲？”

Joss 全身立刻僵硬：“其实……我也困了。”

乐音拦住他的去路：“困什么，我看你精神好得很。”

已经深夜一点，孟约真的困了，手机还没消息。孟约喝了口啤酒，看着窗外。雪在前两天停了，他仰头看着漫天繁星，忽然想起一句拜伦的诗：She walks in beauty,like the night,of coudless climes and starry skies——美人缓行如夜移，清空无云动繁星。

“茸茸，你睡醒了吗？你那边已经是下午一点了。”许稚花了四个小时看完所有的内容，心跳平息不了。她握紧手里的牛奶杯，忽然有些慌乱。

容茸终于回她："我在给导师搬家，你怎么了？"

"你相信孟约暗恋了我七年吗？"

容茸静了两秒："刚刚想说你大白天做什么梦，然后我换算了下，你那边确实是做梦的时间。睡吧，梦里什么都有。"

果然，这才是正常反应。

"那天是你找孟约去接我的吗？"她去匹兹堡的事情，只有容茸知道。

"对呀，我戳了下他INS，没想到他在线。"容茸被导师压榨得也不轻，电视台、学校两头跑，现在才想起来八卦，"后来呢？他是不是真的要结婚了呀？"

"没有。"许稚声音轻飘飘的，目光还盯着电脑屏幕。3G的文件里，是孟约这些年的一些随笔，有的是题目，有的是影片，有的是音频，很零散。像是在生活中发现了什么，想到了什么就随手记录下来。但他说，这里的每个时刻，他都想起了她。

许稚轻轻地在笑，她声音很小，牙齿咬着嘴唇。她怕自己动作太大，会让这一切消失。

她想，如果现在给孟约打电话的话会不会吵醒他？

如果打通了，说什么呢？她忽然又有些羞怯。

伯克利的冬天经常下雨，距离他们约定好的见面时间还有十天。

还是打电话吧，听听他的呼吸声都好。

许稚不管容茸抛来的无数问题，将号码拨了出去。

响了好几声。

他不会真的睡了吧？

也是，现在都快深夜两点了。许稚的指尖沾上水杯上的水珠，在桌上划来划去，等再看去，居然是孟约的名字。

她猛地收回，好像指尖被火烫到一般。

要不，挂了吧，他一定在睡觉。

忽然——

“喂。”是孟约的声音，很低很哑，是从睡梦中被吵醒的不清明。

许稚突然有些心疼。

他好像坐起身来了，她听见被子摩擦的声音。

“怎么不说话？”

许稚静静地呼吸，努力让自己不那么紧张。

他叫她：“许稚。”

许稚心在狂跳，她含糊地应了声。

他问：“看完了吗？”

“嗯。”

他在笑：“那给我写个读后感吧，见面那天发我邮箱。”

哎？怎么是这个发展趋势？

房间里没开空调，虽然已经步入冬天，但温度还不算低，风里夹杂着湿气，不知哪户人家种了晚香玉，夜里格外香。许稚指尖绕过发丝，在屏幕上看到了自己红透的脸。

“总觉得好像在做梦，你突然从高高在上变得那么好。”

孟约的微博粉丝有上百万，INS 的粉丝量更不在少数，他是个随便发个什么，都能让女粉炸了的人。她幸运地和他在一所学校，她见过他的冷漠，在高大的黑衣保镖后的冷淡，也见过他的温柔。可这所有都不是眼前的孟约，他有欲望、不满，甚至无能为力，好像神一样的人物突然在自己面前认输。

其实大三那年的冬天，许稚看见过孟约。

是“NeurIPS——年度最大的人工智能峰会”在京城召开的那几天，她跟着老师在里面凑热闹。在场大牛无数，听说门票在两分钟售罄，来这里的人不仅为了学术交流，更是为了拓展人脉和发展。

许稚没太大兴趣，她坐在角落里，偶尔听师兄们科普那个白头发的多牛，另一个的文章有多厉害。

前面几天都是各个大厂在发布自己最新技术的 demo（样片），后面才开始论文讨论。就在她昏昏欲睡的时候，忽然话筒里传来一个熟悉的声音——冷淡又严肃。

许稚下意识地抬头，人山人海里，她还是清晰地看见了孟约的眼睛。

一身黑色西装的他挺拔地站在主讲台上，大屏幕上投着他的论文。

周围的人群开始躁动，交头接耳在说一个名字——“孟约”。

师兄凑到许稚耳边说：“UCB 的大神，论文写得好就算了，人还长得帅。”

许稚听不见他的话，她只在想要不要去找孟约，要不要直接去他住的酒店去围堵。反正，她脸皮厚也不是一天两天了。

可能是因为主场开会的原因，今年几个国内大厂都用中文做 demo，连孟约都用中文讲解论文。许稚身边的师兄又激动起来：“你看看他多自傲，中国人用中文讲解全场最佳论文！也有这群老外听不懂的时候，真的太爽了！”

那天，京城在下雪，冷得要命。召开会议的酒店在王府井大街，从窗外能看到落雪的故宫。

许稚紧张地呼了一口气："我有事先走了，老师找我的话，帮我随便找个借口。"

师兄给她打了个"OK"的手势。

许稚背着包，拐到侧门，顶着服务员不解的目光坚持站在那儿，还好她脖子上还挂着证件牌，不然做出奇奇怪怪的举动的她肯定要被当作不良分子。

孟约已经在说结束语，许稚深呼吸了下，她看着他拿着文件从主讲台上走下来，台下掌声如鸣。根据会议议程，下面就是中场休息，这是离孟约最近的一个门。

她攥着指尖，看见他被一群中年人围着，距离越来越近……

越来越近……

然后，错身而过。

许稚的心跳漏了整整一拍。

她突然想问孟约那天有没有看见她。

"有。"

他不仅看到了，还记得许稚那天穿着鹅黄色的羊绒大衣内搭了件到小腿的白色毛线裙，背着很大的单肩包。

她还换了洗发水，眼尾因熬夜有点红，看见他时，眼睛睁得很大。

他什么都知道。

# 第七章

## 今日限定，孟约全糖不加冰

（1）

许稚和孟约约定在费城转机，然后一起去苏黎世。

她因为这个突然的行程担心了许久，还特意在网上做了攻略。但越看越心虚，她作为一个没有论文入选的小透明，走后门去蹭 ICMI 这样的顶会真的好吗？

她航班的到达时间比孟约要早，她先给自己买了一杯咖啡，后来想想又给孟约买了一杯。买完后，她又想到万一孟约不是一个人来的怎么办？可她又不知道人数，最后她自暴自弃地将两杯都喝了。

在她临走前，胡淡淡还问她带好安全设施没有:“你可别想一边读研，一边奶孩子哦，UCB 的老师会折磨哭你的。”

许稚脸红了半天才反驳：“我这是去学术交流！”

胡淡淡点头：“有交流就得带。”

可能是咖啡喝多了，许稚有点兴奋。

机场外覆了一层薄薄的雪，已经傍晚，日光昏暗，许稚看着那棵在风中摇曳的树有些出神。

正发呆着，她电话就响了。

“在哪里？”

许稚仰头看了看：“F13，我去找你吧。我已经把这机场摸熟了。”正好，广播里在播放孟约所乘航班的信息，她回头看向身后的电子屏，“我知道你在哪儿了，你别动。”

距离不远，大约只有两百米，她的咖啡就是在那儿买的。许稚背着包一路小跑，前两天刚剪的刘海，已经完全没有来时的精致。

孟约真的很听话地站在那儿。匹兹堡很冷费城更冷，他穿着灰色的连帽卫衣，背了个黑色的背包，手上抱着黑色的羽绒服，看见她，冲她招了招手。

因为他的动作，他身边一群人都看了过来。

许稚有些不好意思，一过去就被他拉住，他另一只手就拨了拨她额前的碎发：“剪刘海了？”

许稚点点头，目光不知放在哪里。总觉得大家都在看他们，怎么搞学术的也都这么八卦。

孟约低头用拇指揉了下她的脸颊，声音含着笑：“像中学生。”

哪有。她摸了摸头发，手就被孟约拉了过去。

人群里的Joss终于忍不住：“行了啊，我可不想吃你狗粮。”

孟约没理他，问许稚要登机牌：“刚升级了公务舱。”

许稚瞪大眼睛，她查过机票，公务舱可是要一万美金。

孟约知道她在想什么：“我们全都是老师报销。”

这么一说许稚更加羡慕，目光从孟约身后找到那位老师，也太有钱了吧。

他们一行五个人，全部是公务舱……

她突然想，要是自己实验室的博士师兄知道会不会气死?

距离登机还有一个小时，许稚坐在孟约身边，看他像是在查看邮件。她无聊地又看了看周围几个人，玩游戏的玩游戏，聊天的聊天，自拍的自拍，发 INS 的发 INS。学神们和他们普通人也没什么不一样嘛。

忽然，她目光被他捉住，他眼里似有无边的海和细碎的笑意。

许稚不自然地停顿，眸光闪烁。下一秒，她猛地站起来："我去卫生间。"

果然不能一次性干掉两杯咖啡啊。

许稚看着镜子里的自己，忽然想起之前那妹子说的孟约论文的二作都是同一个人。她之前也发现了，可并不是她，但是会有人用 crush（迷恋）做名字吗?

孟约靠在卫生间旁边的吸烟区，看见她时将烟熄灭。

许稚下意识走近，距离他还有一步之遥的时候停了下来。他低头看她，走近了一步。

吸烟区里空气不好，烟雾缭绕，旁边还有几个人，但目光都没注意到他们俩。

许稚看向他，看见他眼下的青色，又大胆些去看他的眼睛："Crush是谁?"

他突然低声笑，低低麻麻的，许稚的心跳又不正常起来。

"你啊。"

“啊？”

他很自然地说：“I have a crush on you.”

要怎么翻译这句话呢？

我对你有一点儿心动，还是我疯狂迷恋上你？

许稚曾经看过单词解释，有个很文艺的教授说她最喜欢 crush 这个词。

它是悸动，也是怦然心动，更是火热迷恋。

“Crush 是我觉得我迷恋的人绝对完美，真爱是我觉得就算她不完美也没有关系。”

许稚后退了一步，被迫靠在墙上，下一秒心跳剧烈，整个人陷入兵荒马乱中。他又靠了过来，呼吸平缓又灼热，还带着微苦的烟草气息。

心口似乎被抓住了，她又慌乱地看他。他眼中带着蛊惑，引诱她一步步沦陷，像是海水淹过喉咙，她被迫仰头抱着他，下一秒，是铺天盖地的吻。

许稚闭上眼睛，是热还是冷，是烟草还是薄荷，都不重要。

她抱着他，十分心动，万分迷恋。

手心一层浮汗，许稚低头跟在孟约身旁，藏在他身后。

同行有个人抬头看了眼他们，眼眸猛地睁大，又踢了 Joss 一下。Joss 骂了他一句，抬头看过去，也被惊到。

孟约似乎什么都没发觉，许稚看过去，突然停住了。

他这次发觉了：“怎么了？”

“口红。”她涨红了脸，声音比蚊子还小，“你嘴角有口红印。”

许稚想挖个地洞钻进去，孟约挑了挑眉，用大拇指指腹擦了下，但没擦掉。

许稚有点着急，她踮着脚，吃不住力，一只手拽着他的卫衣，另一只手去擦。

擦掉了……

但余光看见所有人都看着自己，她现在真的要挖洞了。

忽然头顶传来孟约的低笑，许稚仰头看过去。他目光如漆，眼尾含笑，神奇的是，她居然就被安抚了……

费城飞苏黎世大约八个小时，到达苏黎世机场已经早上八点。清晨很冷，许稚穿了裙子，一下飞机就吃到苦头。摆渡车简陋，四处都是进风口，她就站在门边，感觉寒风往骨头里钻。

孟约突然搂住她，一个巧劲，将她带进自己怀里。他羽绒服很大，正好把她包住，居然就一下子暖和了。

她轻轻地呼吸着，努力让自己平静，腰间的手好像在渐渐收紧，然后就听见他贴在耳边的话："看你还敢不敢？"

敢不敢什么?

如果能让你抱我的话，那多冻冻也无所谓。

（2）

大会的第一天，出现了一点儿意外。许稚的位置和孟约他们安排在一起，可能因为太核心了，一眼就被熟人认了出来。

"许稚。"

许稚拿着矿泉水瓶正在喝水，听到声音回头看去，眼前叫她的人，她有些陌生。

叶嘉一身手工西装气宇轩昂地走近："你也是参会者？"他语气很自然，像是亲昵的朋友。

今天许稚为了配合学术氛围，穿了一身套裙，将她的身材优势彻底展示了出来。叶嘉眼里闪过惊艳，目光停在许稚脸上："之前那次聚会后就没见过，后来才知道你去了加州伯克利分校，现在还来参加这种会议，许稚，你怎么这么厉害？"

许稚眨了眨眼睛，这才想起他，容茸学校的学生会主席叶嘉，那只翩翩起舞的花蝴蝶。

孟约被老师叫去和别人寒暄，座席上只剩下 Joss 和另一个师姐，而他俩不仅没有想帮她，还撑着下巴津津有味地看戏。

容茸曾说过叶嘉要追她，但都过了这么久了，他应该自己都忘了吧。

许稚目光瞥了瞥，没看见孟约，稍稍松了口气。明明什么都没有，她怎么就有一种做贼心虚的感觉呢？

"叶师兄好，你怎么也在这里呀？"

叶嘉扬了扬胸口的媒体证，随口说了个名气吓人的传媒集团："我在那儿做记者，这次来主要是做采访的。"

许稚点点头，她客套的那几个词快要用完，这种情况是不是该夸一夸他？

"哇……好厉害。"她小心瞥了一眼叶嘉。

好像效果不错，他笑得更加像花蝴蝶了。

还有五分钟，会议才开始，孟约跟着老师走了回来，第一眼就看到叶嘉站在许稚面前，发散着恶心的荷尔蒙。

他眉头皱了下，脚步一顿，往许稚那边走去。

Joss 他们几个交头接耳，很是兴奋——

“快快，有好戏看了。”

“你猜 Yul 会怎么虐杀情敌？”

“Yul 肯定……”

……

这边，叶嘉滔滔不绝，一直在说这半年来他有多厉害，去了哪几个很牛的公司。许稚安静地听着，偶尔点头。叶嘉很满意，他觉得许稚一定后悔了，他这么优秀，怎么会有女人不爱呢？

但如果仔细看许稚就会发现，她已经开始放空，所谓的点头微笑，只是机械性的……

忽然，肩膀被人搂住，许稚还没来得及转头看，头就被来者揉了下，耳边传来热气，孟约不高不低的声音就这么传来：“乱跑什么。”

冤枉！

许稚刚要辩驳，又被孟约钩住指尖，心头忽然开始发痒，她被蛊惑，安静地听他的话：“跑丢了怎么办？”

才不会呢。

许稚都没来得及和叶嘉说一句再见，就被孟约牵了回去。

坐下来时，两人手都没松开，她睫毛颤抖，心好麻。

Joss 摇头，同情地看了叶嘉一眼：“真的太惨了。”

另一个人说：“求那位帅哥的阴影面积。”

今年据说一共提交了3118篇论文，接收了710篇，接收率在22.7%，而这么多论文里只产生了两篇全场最佳论文，其中一篇就是孟约的。

来之前，许稚不知道，后来听Joss说才知道孟约这篇关于抵抗防御的论文有多厉害。

下午两点，正式开启论文讨论。孟约上去之前，低头在许稚耳边说："认真听。"

她当然会认真听的。

许稚向他保证。

许稚看着孟约一步步走上主讲台，主持人在介绍孟约，台下掌声雷动。这一刻，许稚忽然觉得自己也很光荣。她曾经幻想过，她和他能够并肩携手，分享荣光，没想过这一刻真的会发生。

话筒移交，大屏幕投出论文。

灯光打在孟约的脸上。许稚的眼睛找不到焦距，听着他的声音沉沉浮浮，忽然身后有小声在细语。

"Xu zhi love u？"

许稚："？？？"

她回头看过去，对方显然不认识她，还用奇怪的目光看着她。

许稚："……"

坐在她身边，与孟约一个实验室的师姐指了下大屏幕："你把他论文每段开头的第一个字母连起来。"

许稚猛地睁大眼睛，将一个字母一个字母连起来。

她吓了一跳，竟然真的是"xu zhi love u"……

因为 love 那几段离得很近，在场许多人都发现了这个小秘密。

Joss 他们看着许稚在偷笑——

“Yul 不会要求婚吧？”

“这么牛，会场直接求婚吗？”

“万一呢？”

……

许稚脸更红，好像要把自己烧焦，这种隐秘又高调的宣言，让人有一点儿害羞又有一点儿害怕，但更多的是要冲破胸口的心跳和幸福。

她感受到孟约的视线。怀着汹涌的心跳，她也看了过去，他眼里星光闪烁，素来冷淡的眉眼却遮不住此时的温柔。

许稚觉得烧得头皮都开始发麻，却怎么都舍不得移开眼。

要说什么呢？爱好像都快不够用了。

（3）

许稚因为那几个字母闹得一下午都不在状态，连孟约走下来坐到她身边都不知道。她偶尔会将余光移过去，盯着孟约犯花痴，看见他在笑。

“我过去和他们说几句话，你就站在这儿别动。”会议结束，许稚被孟约拉住，低声嘱咐。

许稚乖乖地点头，像个小学生。

孟约轻轻拍了下她脑袋，走了还不放心，一步三回头地往后看。

“呼……”许稚终于松了口气。

她摸了摸自己的脸，感觉温度终于降了下来。叶嘉突然出现在她身后，他脸色不是很好，许稚回头不小心吓了一跳。

“怎么了吗？”

叶嘉深深吸了口气，像被乌云压了顶，整张脸都是黑的：“所以你是找到更好的，所以才对我无动于衷的？你看上孟约什么？”

许稚被他气势逼人的问题吓住：“你说什么？”

“让我猜猜？是他家的钱，还是他家的权？还是他能帮助你在学业上畅通无阻？”叶嘉顿了下，“还是你根本肤浅得想不到这些，只看到了孟约的脸？”

许稚脸色苍白，脑子里一片空白，似乎不敢相信叶嘉说的话。

“我和你不熟吧？”

她不懂，算上之前那次见面，和叶嘉见面的次数也不到五次，他凭什么站在这里说她？

许稚皱着眉，指尖攥在掌心。她看着他，抿着唇很生气，睫毛和身体都在微微颤抖。

“叶先生，我敬你是容茸的学长，所以一直对你很尊重。如果之前有什么地方做得不够周到，我向你道歉。但是刚刚你说的那些话，我不赞同。喜欢向来是很主观的事情，无论孟约吸引我的是什么，那都是孟约这个人的魅力，和他身后的一切无关。如果真的切不开的话，那只是附加值，一切都是因为孟约才显得重要起来。”许稚的声音不大，她向来说话都软糯，哪怕此刻这么生气都没带一点儿怒气和脏话。就像她这个人一样，是块晶莹透彻的水晶。

孟约看着女孩勇敢地用自己的方式在捍卫他，一如多年前她挡在自己面前那样。他的心忽然很软，这种感觉不好描述，他想她的家庭一定很美满，父母将她养得很好，所以才让她有一颗这么纯良又温暖的心。

“我知道你条件很好，追求者一定不少，如果是我误会或者是我自恋了，那你就当我没说。我喜欢孟约，从高中时代就开始了。我为了他努力，把他当作榜样。如果不是他激励着我，我根本不可能来到UCB，更不可能有机会和他在一起。我想喜欢就是，让自己成为更好的人，让对方骄傲吧。”

她刚说完，眼睛就被身后的人捂住，漫天的清凉薄荷气息将她包围。她一直紧绷的身体放松下来，她往后退了一步，正好陷进孟约怀里。

叶嘉皱着眉，对孟约很有敌意。他向来是天之骄子，不凡的家世，眼高于顶。他和他身边那些纨绔子弟不同，他自视甚高，觉得一般的女人配不上他，直到他看到了许稚。

但，孟约……叶嘉眯着眼，从上到下打量着对方。孟约身上有种自小就在上位圈养出的惊人气场，他对上孟约无疑是自取其辱，所以他才那么气愤。

孟约视线很淡，和他看许稚的目光不同：“看别人我会吃醋。”

许稚一愣，刚想解释，结果嘴巴也被他捂住。

“从你嘴里说出别的男人的名字的话，我更会吃醋。”

他们站在角落，会场里空荡荡的，服务人员估计没看见他们，灯一下子暗了。

许稚怕黑，下意识地抓住孟约的衣服，声音模糊不清，黑暗里分不清。孟约的身体僵硬了下，是许稚，她轻轻咬了下他的掌心。

叶嘉也不知走了没，好像有脚步声渐行渐远。

她的身体忽然被转了过来，有呼吸在靠近，她本就觉得空气稀薄，如今呼吸更加困难起来。她呜咽了一声，孟约大发善心地松开了手。她刚想大口呼吸，唇就被贴上。他连一丝缓和的时间都没有给她，吻得凶猛又急切。她仰着头被迫承受着，一秒，两秒……

他身体更烫，她的指尖不知抓哪里，又碰到他肌肤，她全身发软，要不是他抱着自己，估计连站都站不稳。

孟约，孟约……他连一寸都不肯放过，灵活的手钻进她的衣服。腰间肌肤更痒，她想逃却被箍住。

似乎又有人走过来，在找刚刚落下的东西，服务人员为了照明，打开几盏灯。

重见光明时，他还没离开，一寸一寸得寸进尺，摩擦又吞噬。许稚想，她也昏了头，大庭广众，耳边的吸气声是那么重，她就这么放任着他。

“Who？

“Yul……”

居然还认识。

她的脸更烫，手推了孟约一下，他似乎不满她的分心，惩罚似的咬了下她的唇。

“咝……”

孟约终于放开许稚，但额头还抵着，他声音太哑：“是你。”

“我什么？”

“你先引诱我的。”

那不是引诱。许稚睫毛轻轻地扇动，似乎每动一下都能碰到他的肌肤。她突然知道，孟约说的引诱是什么了。就像她现在还想亲他，亲他的眼眸、鼻梁、嘴角、喉结、锁骨……

从孟约还没属于她的时候，她就开始肖想。

许稚忽然掐了下他的手，看见他微微皱眉，又轻声笑，下一秒又踮脚咬上他脖子……

我在标记你，让你只能成为专属我的猎物。

孟约忽然在笑，身体微微颤抖，许稚怕他疼不敢用力，谁知却听他说：“许稚，咬狠一点儿，然后吃掉我，让我成为你的。”

一秒，两秒，还没恢复。

心跳……

心智……

大脑……

都是空白。

（4）

“我服！你们学霸秀恩爱都这么秀的吗？”

会议结束后，孟约的论文已经蔓延到网络的各个角落。

不只是“xu zhi love u”，还有好事者把 crush 做了个集锦和科普。

连远在京城的容茸都难免被刷屏。

“我和你说，我是在那个我妈介绍的计算机博士的朋友圈，刷到孟约的论文的。我一开始以为自己眼花了，后来发现真的是我认识的那个孟约和我认识的那个许稚！”容茸说话都不带喘气的，像机关枪一样，“我学了那么多年英语才知道 crush 这么浪漫，神魂颠倒，孟约对许稚神魂颠倒，我真的酸了啊啊啊……”

许稚还没从苏黎世离开，她坐在酒店房间里，孟约在洗澡。

“你会不会太激动了？”

容茸还在尖叫："太激动了？你知不知道你现在让全网女性嫉妒，你是不是没刷微博，孟约还转了那篇微博，转发词就用了那句，'I have a crush on you'然后 @ 了你。"

许稚一愣，她真的没看。天天和孟约在一起，时间过得太快，她要珍惜每一分每一秒，哪能让手机来浪费。

她没找到耳机，索性将电话公放，然后打开微博。

果然……微博又被卡到一定程度。

这次她有了心理准备，打开了孟约的评论——

"啊啊啊啊啊啊啊啊！"

"啊啊啊啊啊啊啊啊！"

"啊啊啊啊啊啊啊啊！"

……

大概啊了有十几条，下面才有人能正常说话……

"嫉妒嫉妒嫉妒，疯狂嫉妒！！！"

"我为什么要吃这种狗粮啊？！"

"这是我吃过的最有文化但最自虐的狗粮，孟神，你怎么能有主了呢？！"

"呃，我只是看篇学术论文都要强制吃狗粮，我只是单纯想看看你写的混淆梯度是什么东西而已！"

有几条画风不太对……

"你们有没有发现，孟神已经几次秀恩爱了，但只只都没回过？"

"这么一说感觉孟神突然有点可怜，好像单恋哦。"

"没想到孟神也有这一天……"

许稚眉头一皱，怎么可能，就算单恋，也是她好吗？

但，她要怎么回呢？

他已经把事情闹得这么大了，许稚撑着下巴很是苦恼。

容茸还处于打鸡血状态：“对了，一直没问你。”

“嗯？”

“你们发生关系没？”

“……”

容茸的声音逐渐猥琐：“说说啊，孟约虽然脑子好，但总感觉瘦了点，太瘦了，会不会没……我和你说，性生活还蛮重要的。我这几天在电视台实习，做调解栏目，真的有好几对都是因为性生活不美满要离婚的。所以你该睡就睡，睡孟约哎，简直是人生一大妄想。”

许稚被呛了下，她听到身后有声响，手忙脚乱地想将电话从扩音改回来，但容茸还沉浸在自己的世界里：“第一次，我估计不会成功，我要不要发点资源给你学习学习。但你毕竟是女生，这种事还是要男生来，我现在担心孟约太沉迷于学术，以至于忘了男人的本性，你说我要不要联系下沈嘉鱼让他给孟约补补课啊……”

我求你别说了……

身后的人，脚步明显顿了下。

许稚捂住脸，再也不管容茸了，连忙将通话掐断。

房间里，暖气开得很高，孟约刚从浴室里出来还带着一身的热气。许稚全身僵硬，侧头看他。他拿着浴巾擦头发的手停了下来，目光幽深，沉沉地看着她。

许稚都快绝望了……

说什么都好，就是不能说男人不行。

她干咳了两声,努力让自己看起来自然一些:“你要不要吹下头发？”

这么直接生硬地转话题，孟约显然不能接受。他皮肤上的水珠还没擦干，上身赤裸，下身只穿了一条长裤。许稚目光不敢直视，可又舍不得错过。你说这个人每天泡在实验室敲代码写论文，到底是什么时候把这六块腹肌练出来的呢?

他走近了两步，俯身两只手撑在她两侧。

许稚低着头，鼻尖上有一滴从他身上滴下来的水珠。

不烫，也不冰，却仍让她全身都战栗。

他说：“许稚。”

许稚紧张地竖起耳朵。

“你是不是该让我证明下了？”

她眼皮在狂跳，全身好像在烧，从耳后到背脊都烧成了粉红。

他靠得更近了些。

许稚感觉自己快要吃不消了……

“证明什么？”

他吻上她的耳朵，灼热的呼吸带着潮湿的热气直往她耳朵里钻，她全身酥酥麻麻，想躲又被他按住。

“证明你男人……”他在她耳朵亲了一下，声音极大，她胸口猛震，“你男人很行。”

她被抱起，整个人被他搂进怀里。他的气息喷在她的锁骨上，她感觉好像在滚烫的海水里，漫无边际又无处可逃。

他声音太哑，一点点斯磨她的心智，让她丢盔弃甲……她钩住他的脖子，在苏黎世灯火通明的夜晚，是她主动吻上了孟约。

窗外又下了雪，绵绵细细悄然无声，行色匆匆的路人赶着最后一班地铁……

华丽的酒店套房内，壁炉里的柴烧得旺盛，电视机里还在放着深夜童话，窗帘很厚，床很软……

他问："可以吗？"

许稚做不出回答，扣子已经被解开，她那双最好看的眼睛已经看不清明，都是眼前的男人……

她害羞，全身都泛着粉，抱着他不肯放，却不知这样更激起男人的冲动。

孟约细细地吻着她的肩头、后颈……呼吸很重，连忍耐都带着诱惑……

她忍不住叫了出来，紧要关头，孟约忽然停了下来，她迷茫地睁开眼，只听见他说："好像从没听过你说爱我。"

她微微皱眉，他在笑，唇贴在她皱起的眉头上。

"我都说过那么多次了……"

他声音好像有些委屈，许稚朦胧中抓不住重点，只觉得不能让他受了委屈……

爱他爱他，说多少次都可以。

"我爱……"是极致的痛，让她忍不住又咬在他脖颈上。

孟约拨开她汗湿的发丝，湿漉地贴着她："再说一次。"

"什么？"

“我爱你。”

她被引诱，忍不住被他牵着走：“我爱你。”

“乖。”

雪还在下，路边卖唱的流浪歌手在敬业地抱着吉他唱着今晚最后一首歌：

You're the light. You're the night. You're the color of my blood. You're the cure. You're the pain. You're the only thing I wanna touch. Never knew that it could mean so much...

So much. You're the fear. I don't care. Cause I've never been so high. Follow me to the night. Let me take you pass our satellites. Even see the world you brought to life...

是夜。是梦。是血液。是灵魂。

是光芒和黑暗。

是解药，也是痛苦的来源。

……

孟约万分祈求：“再说一遍。”

许稚已经形成条件反射：“我爱你……”

你要一直说，因为我在确认。

你每时每刻都在爱我。

（5）

孟约来美国的第一年，大约能用行尸走肉来形容。

课业完美，外表完美，可沈嘉鱼知道，他就是个腐烂的空壳，只是把自己藏在繁重的课业压力和烟酒之中。

孟家第一年派了两个保镖跟着他，在学校里，他想特立独行低调都不行。还好，没人真的那么无聊地去扒他的背景。

又是个漆黑的夜，孟约咬着烟，在写论文。沈嘉鱼受不住了，他拿出手机，翻出个微信群，举到孟约眼前。

“许稚选了理科，现在在群里问问题呢。”

孟约眼皮动了下。

沈嘉鱼嗤笑一声：“我记得你在群里有个小号，你不会不知道许稚为什么选了理科吧？”

孟约没接沈嘉鱼的手机，拿起自己放在桌上的手机，打开那个群。很简单的物理题，小姑娘在群里哭唧唧地说着多难多难、不会不会，真像自讨苦吃的小可怜。

沈嘉鱼也觉得好笑，抵了下孟约的肩膀：“她真的是够偏科的，你还记得之前，她英文课文背不出，把老余气得罚她在办公室外背好才能走。”

那次是真的把老余气急了，全市统考，小姑娘的英语拉了很大的后腿，结果还没有痛定思痛，连该背的课文都没有背出来。

“出去站在走廊上背，背不出就别上课了。”老余不去看小姑娘的脸，狠心发话。

许稚垂头丧气，抱着英语书站在办公室门口。真的很丢人，来来往往都是高年级的学姐学长，她又是校园名人，看的目光更多，贴吧里更是无死角地贴了她各方位的偷拍。

“He exposes his skin to the sun...（他的皮肤暴露在阳光下……）”许稚轻轻叹气，为什么天下会有英语这么难的学科呢？

走廊前年岁已高的槐树悄悄开了花，少女的注意力又被吸引了过去，树荫重叠，微风轻拂，有白色的小花吹了过来。她弯腰捡起，刚想细看，身后就有人在叫她。

她做贼心虚地将小花藏在身后，可脸上还惴惴不安的，眸光闪动，忽略了叫她的沈嘉鱼，所有的吸引力都被孟约抢了去。

光打在他脸上，太过耀眼反而看不清晰，她发丝间有白花，笑容带了三分羞怯。

沈嘉鱼猜到她站在这儿的原因，在和孟约笑谈。几人擦身而过时，她心跳好快，忍不住叫住他：“孟约。”

他回头。

许稚又拿书遮住脸，假装什么都没发生一样。

孟约用指腹摩擦着屏幕，眸光微深，这么简单的题。沈嘉鱼还有约，先走了。孟约从列表里找出许稚。这个小号，不知在什么时候和她早已是好友。

孟约将解题思路发给许稚。

【只只：哇！大神，你还在呀！】

【muguet：嗯。】

【只只：原来这么简单，我刚刚想了好久，都没想出来，还好有你。】

孟约看了眼时间，现在国内已经深夜一点。

【muguet：还不睡？】

【只只：卷子还没做完，不能睡。】

她还发了个很委屈的小兔子表情。

经常在网上沟通解题思路，许稚对这个陌生的 muguet 已经很熟悉。她查过这个单词是一种花，叫铃兰。她想这一定是个很温柔的学姐。

【只只：你怎么也不睡呀？】

【muguet：时差。】

【只只：这样呀，那可不可以麻烦你再教我几道题？】

少女怕他不同意似的，连忙将题目发了过来。孟约摩擦着拇指，突然在想，要不要黑了她的摄像头，看看她现在什么样子。

高三大概真的很枯燥，除了做题没有别的娱乐项目。许稚常来找他，大多是为了问问题，一开始是物理题，后来发现他好像什么都会，索性遇到问题就来问他。似乎养成了习惯，到了大学，还在继续。

她偶尔会说一些关于自己的事，比如她喜欢一个人喜欢了很久很久，想起他心都隐隐作痛；比如有人追她；比如委屈和思恋……

他们俩就像默契无比又无话不说的网友一样，沈嘉鱼很瞧不起孟约这种行为。

闷骚，又闷又骚，天天听小姑娘说喜欢自己，变态！

【只只：我马上要去美国了，一直没问你在哪个学校，有机会我们见一面吧。】

【muguet：嗯？申请过了？】

【只只：对呀！UCB！超级开心啊啊啊，我马上要去见男神啦！】

孟约手一顿，电脑屏幕上，是他刚刚同意去 CMU 的邮件。

【只只：也不知道他还记不记得我，毕竟美国那么多热情似火的女

郎，还有那么多学霸小姐姐，他万一忘记我怎么办呀？】

【只只：他会不会已经有女朋友了啊？不会有的，有的话肯定被扒出来了，他现在可是全网的梦中情人。】

【只只：好激动啊，恨不得现在就飞过去。】

【只只：哎？你睡觉了吗？】

伯克利那夜大雨，孟约看着那封邮件久久不能回神。她保研和申请学校的时候大概和他提过，但信息不多。他这段时间太忙了，几个课题都绕着，恨不得一天有四十八小时，等他腾出时间琢磨少女的想法时，她已经送了他一个这么大的惊喜。

那天后，孟约没再用这个号回过她消息，但依旧会看她朋友圈发了什么。

沈嘉鱼问他后不后悔答应 CMU 的教授。

后悔，怎么会不后悔?

失眠的日子那么漫长，她是生活里唯一的甜。

只是，久等了。

欢迎你，终于来到我的世界。

（6）

孟约作为超级大忙人，第二天就要马不停蹄地赶回去。转机时，因为天气不好延误了几个小时，许稚一直心不在焉，不知是害羞还是有心事。

“打算不认账？”

“啊？”许稚抬头，正好跌进孟约的黑眸里。

他声音很轻，专门说给她听的，只是不认账？他怎么会这么想？她仰着头，认真地看着他：“不会的。”再说，这种问题，应该是她担心的吧！

孟约似乎不大信，眉头皱在一起：“昨晚感觉不好吗？”

啊！他一定要在机场和她讨论这种问题吗？

许稚脸开始发烫，想逃，又逃不开，只能含含糊糊地说：“没有不好。”

他抓到她话里的漏洞：“那就是也没有很好。”

你一个理科生干吗要咬文嚼字啊？许稚抓着他的手，脸更烫：“很好的，就是……”她说得磕磕绊绊，差点儿咬到舌头，“好疼。”

孟约的黑发贴在耳畔，眉眼清冷，眸中那些冷意退散，笑得有些温柔：“我也疼。”

许稚真的觉得全身都在发麻，他……他疼什么呀？

广播里终于开始播登机信息，许稚拿着包想跑。孟约拉着她，将她抱进怀里：“想我第一，别的不重要。”

许稚连忙点头，快走进登机口的时候，她回头看向孟约。

男人站在不远处，衣着普通，可偏偏就是人群中的焦点。他看着她，目光沉沉，她转了回去，走进登机口。

要回去了。

这几天感觉太不现实了。

等回到公寓，躺到自己床上，她才稍微有了点现实感。

许稚举着手机给孟约发了条安全到达的信息，他应该还在飞机上，没有回。她又打开微博，要回点什么呢？

她没孟约那么多想法，索性转发了他那条微博，然后发了个【啾你】。

刚发完胡淡淡正好回到公寓，敲了敲她的门："轰动整个 CS 的嫂夫人回来啦。"

许稚："……"

胡淡淡坐到她床边，盯着她的脸："你们可真够牛的，秀个恩爱都要这么惊天动地。"

……

她也不想啊。

"但是很爽，我也有一种做名人朋友的感觉。"胡淡淡很羡慕，眼神恶狠狠的，恨不得要把许稚吃了，伸手掐了下许稚的脸，"傻人有傻福。"

许稚眼睛微微睁大，想反驳她哪里傻，但又忽然笑开了。

"淡淡，我真的好开心啊。"

许稚还没开心两天，就开始继续做苦力。不知是不是错觉，她总觉得带实验室的老师对她格外……嗯……照顾。

难道这是孟神家属的特别待遇？

老师该不会以为她和孟约一样，有非一般的大脑，所以才交给她这么难的题目吧？

唉。

许稚趴在桌上有些头疼，她看着手机，除了偶尔聊天外，和孟约的关系好像又恢复到了从前。她看 Joss 天天暴躁地发着朋友圈，估计他们又遇到什么超级难题。

那她的题目怎么办啊？

许稚又看了一遍要求，无论怎么看，虽然每个单词都认识，可就是不知道该从何下手。

沈嘉鱼突然给她打电话：“你最近有没有发现胡淡淡有什么不对劲？”

许稚没觉得：“哪里不对劲？”

“有没有吐？”

“嗯？”

沈嘉鱼突然暴躁起来：“就是想吃酸的或者辣的，然后开始吐？”

“啊？”许稚一愣，觉得这信息量巨大，她认真地回想了下，“我昨天好像还看见她在喝酒……”

“什么！她这是要杀掉我儿子啊！”

“……”

许稚还没来得及八卦，沈嘉鱼就火急火燎地挂了电话。

晚上，难得孟约有空，许稚和他分享今天得到的八卦。但对方似乎并没有认真听，总是用单个字来回复她。

“你有没有认真听我说话？”

“有。”

“那你知道淡淡和fish是什么在一起的啊，淡淡居然怀孕了。天啊，你知道吗？我去苏黎世前，淡淡还让我小心，她自己怎么这么不小心啊？”

孟约那边有一些细微的响声，许稚还沉浸在淡淡怀孕的爆炸性新闻里。她俩明明住在同一屋檐下，为什么她一点儿都没发现呢？沈嘉鱼这种花花公子不是一直喜欢桑柔那种类型的吗？淡淡虽然好看，但一看就是干练的北方女性。许稚想不通，还想问，就听见孟约在叫她的名字。

“许稚。”他声音特别温柔，以至于让许稚都忘记回他，只呆呆地愣在那儿。

他说：“这是你第一次主动打电话给我。”

是吗？许稚咬着水杯，那是因为你特别忙啊，万一打电话给你的时候，耽误你做事情怎么办？

“你居然说了半个小时沈嘉鱼的私生活。”他低低地像在抱怨，“我不想听。”

许稚含糊地“哦”了一声，根本不顾被嫌弃的沈嘉鱼。

“我还有半年就回斯坦福了。”他顿了下，而后意味深长地说，“所以，你还要继续跟胡淡淡住吗？”

夜幕中月色如水，他声音格外温柔，响在她耳边。她似乎都能想象他此刻的目光，也像是今夜的月光，温润又迷人。

许稚被蛊惑，似乎并没意识到他在说什么。

只是跟着他的引诱。

他问好不好。

好不好？

她被男色诱惑得回了什么？

好像是——

好。

（7）

“淡淡，”许稚小心翼翼地在胡淡淡旁边的沙发上坐下来，她瞄了眼茶几上刚刚冲好的高钙奶粉，“沈 fish 给我打电话了。”

“哦。”

许稚看着胡淡淡平坦的小腹，还是不太敢相信。

胡淡淡瞥了她一眼：“别看了，真有了。”

许稚收回目光。门口有人在敲门，力度特别大，她愣了下，就听到沈嘉鱼的声音。

可胡淡淡一动都不动，还面无表情。

这门她要不要开呀？算了。许稚硬着头皮，还是将门给打开了。

沈嘉鱼似乎刚下课，还带着笔记本电脑，直接跑进来，对着胡淡淡就大叫：“生下来！那是我儿子！”

胡淡淡眼神冷漠，像看只傻狗一样看着他。

许稚粗略地听了下，两人大概是某天在一个派对上喝多了，然后睡在一起，就这么巧怀上了。

狗血，太狗血。许稚聪明地用最快的时间出门赶去实验室。

当初许稚申请导师的时候，初生牛犊不怕虎，挑了个专业领域最厉害的教授之一，没想到教授胆子更大，居然收了她。实验室内师兄师姐都是牛哄哄的人物，只有她觉得天赋不够，连跟上进度都艰难。

“Kylee, 写码不规范，学长两行泪。”

实验室同为中国人的学长杭山，看着许稚电脑屏幕上的乱码，出声阻止她一错再错。

许稚：“……”

见许稚脸色不大好，杭山拍了下她脑袋：“你也不要太有压力，毕竟研究生还是比博士好毕业的，你看里面那几个学姐学长他们的头发还在吗？”

我看孟约的头发还挺多的。许稚在心里小声反驳。

“不要拿你男人的标准来要求我们。”杭山似乎看透了她的心理活动。

……

好吧。

她问：“学长，你也认识孟约呀？”

杭山端着保温杯，一副我懂的表情：“我当然认识，学 CS 的谁不认识孟大牛？我和你说，带我们的导师之前就是 Yul 的导师，那简直爱他爱得深沉。你看他的脸是不是黑了一个多月，那是因为他的爱徒被他的死对头骗走了。”

许稚脑子里都是杭山的话，有些疑惑，心里有一丝奇怪的感觉。

她居然和孟约是一个导师？

她还没来得及细想，实验室突然躁动。

杭山听着里面的对话，立刻打开了一个帖子。

照片上显示的是金门大桥。

正在……

直播自杀。

“这个月都第二个了，又是个博士。再这样下去，金门大桥都快成自杀胜地了。”

许稚看着照片心里惴惴不安：“为什么要自杀啊？”

杭山自嘲地笑了下：“能因为什么？还不是 paper 交不出，导师不签字。你看帖子上写的八年青春，八年读博，这么大的压力，稍微出现点问题都会崩溃。反正我死都不读博，我混个硕士学位就行了。”

照片在不停地更新，最新的一张里，突然出现了一个无比熟悉的身影。

孟约？他怎么在那儿？他不应该还在匹兹堡吗？

“天哪，这是白安啊。”

杭山扔下鼠标，就往外跑。

许稚想都没想立刻快步跟上他。

她后来才知道白安是个中韩混血，之前也和孟约、杭山跟着一个导师，后来项目一直做不出来，拿不出研究成果就转了导师，然后又耗了两年。

八年的博士生涯。

到底多苦。

外面下着大雨，还是下午，天空乌压压的，云低得可怕。

金门大桥上已经围了一圈人。

许稚跟着杭山穿过人群，来到警戒线前。

孟约还穿着那件黑色连帽卫衣，雨太大了，许稚看不清晰，只模糊地瞧见他一直冷着脸在和站在桥上的白安说些什么。

许稚难过死了，她之前真的没想过会发生这样的事。

虽然总有报道说学业压力过重导致学生自杀，但……

这么多苦都过来了，都已经到最后一步了。

读到了世界名校的博士了。

你都已经这么优秀了，哪怕真的很辛苦再坚持下好不好。

身后警笛声呼啸着，耳边路人冷漠地用英语交换着刚刚知道的信息。

许稚不知眼前是雨水还是眼泪，心像压着一块巨大无比的石头，喘不过气来。

孟约看到许稚有些错愕：“你怎么来了？”

许稚闻声抬头望去。

他声音更低了些：“怎么还哭了？”

下一秒孟约拉住许稚的胳膊，稍稍往自己的方向带了下，女孩已经被雨淋得全身湿透，哭得眼睛红肿，弱小又可怜地站在人群里。

孟约轻轻搂着她，将伞撑在她头顶，他伸手擦了下她脸上的眼泪。

小姑娘的脸都是冰的。

“别哭了，他下来了。”他哑着嗓子，温柔得不真实。

许稚看见杭山扶着白安走了过来。

白安脸色苍白，停下来看了眼孟约：“谢谢。”

孟约点了下头，低头看向许稚：“认识白安？”

许稚摇摇头。

“那还哭，傻不傻啊？”

许稚咬着唇，仰头看着孟约，猛地上前用力抱着他。虽然他衣服湿透了，但冰冷的衣服下是温热的身体和在用力跳着的心脏。

她想，在他漫长的求学生涯里，是不是也有过这样绝望、想要放弃自己的瞬间。

她想，如果刚刚白安没有从桥上下来，他们又该怎么办？

她想，哪怕她一辈子都不能和孟约在一起也没关系，只要他平安地在这里就好。

“孟约。”她闷在孟约怀里小声地叫他。

“嗯。”

好喜欢你啊。

“白安是不是想通了？”

许稚跟在孟约身边小声问他。

孟约没说话，将她塞进车里后，打开后备厢，拿了两件新的卫衣出来。

他将包装撕开，递给许稚，他漆黑的眼眸看向她，抿着唇，看上去更冷漠了些。

许稚的第六感告诉她孟约好像生气了。

她接过卫衣，攥在手里，应该是学校的文化衫，上面还印着学校的字母。

她衬衫里面只穿了一件白色的内搭，细肩带的。

虽然……但是……她就还是害羞嘛。

孟约似乎没有她的烦恼，上车后将身上的卫衣直接脱了，露出平坦的腹部、精瘦的腰和……

许稚下意识地咬着唇，眼睛直直地盯着他。

车里空间狭小，暖气已开到最大，玻璃上都是水雾，看不见外面。

她没出声，孟约也不说话，只有暖气源源不断地从出风口跑出来。

好像也带着海水的咸腥味。

伴着升高的温度，许稚的心跳也不知不觉加快了。

“许稚，”突然他停下动作转头看向她，“你在一直看着我。”

许稚的脸唰地爆红。眼前的孟约，裸着上身，水珠顺着发丝滑过他的眼角、他的脸颊、他的喉结……

许稚脸更红了，目光飘忽却怎么都离不开他，脑子里一片空白，耳边只有自己震耳欲聋的心跳声。

孟约看着小姑娘红透了的脸，笑了。

“我出去，你先换衣服。”他穿好衣服，拿着伞准备下车。

许稚下意识地拉住孟约，大概过了两秒，红着脸：“我……我里面有衣服，你不要出去。”

孟约愣了一秒，又笑了，低头看着拉着他的那只手：“把里面的也脱了再穿。”说完，握住她抓着他的那只手，“这么凉。”

许稚心慌意乱地抽回手。

反应好像有点太大了，许稚心里有些恼，一定是太久没见面，所以孟约随意的一个小举动，她都会无限放大。

车外，孟约好像又笑了。

许稚担心外面雨太大，用最快的速度将衣服换了。

“我不知道白安想通了没有，有些事情外人是没办法的，要看他自己。”

孟约说完又看了许稚一眼，许稚正端端正正地坐在副驾驶座，目光紧张地看着前面，时不时还用余光偷偷瞟着他。

一不小心，被抓住啦。

孟约叫她："许稚。"

"啊。"

他声音很平常，只是语气有些无奈和好笑："不用担心我。"

"啊。"

这都能被他看出来吗?

"我昨晚收到白安群发的邮件，觉得他不太对，所以连夜飞回来。车是沈嘉鱼的，我一会儿就得飞回去。"

孟约看着许稚，许稚下意识地咽了咽口水，只听见他说："我刚刚很生气，因为你在这里。这种事情很常见，确实很负面，但我不希望你因此受到影响。"

许稚没明白他的话。

"我会把你保护好。"

明明有许多话想说，可又不知道说什么。许稚大概懂了孟约的意思，她伸手握住他的手。

"其实我也在生气，你回来都没和我说，而且一直到现在你都没亲我。"

她大胆地看着他，眸里有盈盈水光，车厢里这一丝温柔，将孟约击败。

红灯亮起来的那瞬间，他猛地俯身过去，咬住了她的唇。

车平稳地行驶在海湾大桥上。

天不知什么时候暗了下来。

一望无际的海在夜晚像神秘的深渊。

远处似乎有船灯，星星点点闪烁着亮光。

许稚紧张了一下午的心情终于放松了下来，迷迷糊糊睡着了。

（8）

终于赶在 Final Week（考试周）之前，许稚将新的房子租了下来，沈嘉鱼介绍的，是个不到八十平方米的公寓。

许稚看了后，觉得哪哪都满意，当晚和孟约商量后就定了下来。

“你不会是因为我怀孕所以搬出去的吧？”胡淡淡最近才真是忙死了，不仅要应付考试，还要在肚子大起来之前将婚礼办了。她一开始真没想留这个孩子，她和沈嘉鱼没什么感情基础，而且大家都认识这么多年了，他什么货色，她很清楚。但沈嘉鱼出乎意料地坚持，让她很意外。

许稚点头又摇头：“也不是。”

胡淡淡看见她耳根发红，“嘁”了一声：“是因为孟约吧。”

老谋深算吃人不吐骨头的野狼。

婚礼定在 Final Week 结束的星期六，因为时间太紧，连婚纱都只能买现成的。胡淡淡不太在乎这些，她愁的是这孩子一生，她怕是要延迟毕业了。

“淡淡，你喜欢沈嘉鱼吗？”选礼服的时候，许稚忽然问。

胡淡淡一愣，过了好一会儿才说：“应该喜欢吧。”

许稚轻轻松了一口气，胡淡淡又说：“肯定没你喜欢孟约那么喜欢。”

“啊？”

胡淡淡捏了她脸颊一下：“防着点孟约。”

“为什么？”

“他很坏的。”胡淡淡说得意味深长。

12 月中旬，冬假正式开始。孟约居然比许稚还早放假，还帮她复习了下功课。

小公寓里放了两张床，许稚布置的时候，脸就在烧。沈嘉鱼和胡淡淡都来参观过，看到两张床的时候都用“你太天真”的眼神看她。

所以……孟约到底在他们心中是什么形象啊？

“胡淡淡让你做伴娘？”孟约咬着块硬糖在嘴里嚼来嚼去，许稚正捧着笔记本，在看师兄发来的历年真题。看到一半，她忽然想起，身边这个不也是师兄吗？

“Johnson 教授喜欢出什么题呀？”

他“嗯”了一声，然后抬眸看她。

不知为何，许稚被这目光烫到，才发觉他突然吃起糖来。

“大晚上吃糖对牙齿不好。”

他随意地点了下头：“我在戒烟。”

戒烟啊？许稚刚想说戒烟对身体好，就听见他说：“没想到沈嘉鱼会在我前面有孩子。”

她心口一跳，忽然不敢听他下面的话。

“这次不是第一了。”

这种事不需要争第一吧……

许稚有些不敢看他，努力将话题绕到 Johnson 教授上面，想让学术氛围感染他：“Johnson 教授的课太难了，每次出的题也都好难，我好怕。”

孟约突然伸手拉了她一下，将她拉坐在他身上，两人面对面……他好像吃的是菠萝味的硬糖，酸酸甜甜的，从他的鼻息间都能闻到。

许稚不自然地微微扭动身子，可猛地被他按住，力道很巧，不重不轻，却让她动弹不得。

“想让我泄题？”他贴近，声音太哑，以至于他的话，许稚都没听清。

“啊？”

她刚张口，唇就被贴上，含在他嘴里的菠萝味的硬糖被抵了过来。她吓得看向他眼睛，又被火灼伤，眩晕又慌乱……

“许稚……”他无比轻地在叫她名字，像羽毛拂在她耳畔，很痒，有种无法言说的痒，“亲亲我。”

许稚只觉得昏了头，下一秒闭着眼睛亲上去……

他的吻太温柔，让许稚太过沉溺，没注意到男人还在看着她，从洁白的脖颈吻到纤弱的锁骨，再到细小的脊椎骨……

“我想做一件事。”

她从他滚烫的气息里好不容易找回一丝理智，唇刚被松开，锁骨又被咬上。她锁骨上有颗红色的痣，很小，可很诱人。

他想咬很久了……

“孟约。”她急急地叫他。

他从迷惘中清醒，四目相对，许稚搂住他的脖子，埋进他怀里。

“喜欢男孩还是女孩？”

她呼吸困难，只能摇头，他却贴在她湿漉的额头低笑。

“一男一女吧。”

他怎么能自己就做了决定呢？

孟约又亲了下来，绕着她的发丝，指腹在她肌肤上摩擦，指尖似乎有电……

所以既然如此，她到底要准备那张床干吗?

许稚感觉自己真是在自讨苦吃。

# 第八章

## 巴不得天天黏着你

（1）

“许稚，你还好吧？”

许稚正跟着胡淡淡试修改后的礼服，容茸打来电话没头没尾地问了这话。

“怎么了吗？”

容茸倒吸了口凉气：“你不会还不知道吧？”估计三言两语说不清楚，她直接发了个链接给许稚，“你点开看看。”

许稚心跳得很快，第六感告诉她不太好，是个扒皮帖，帖子的标题是——学霸网红只只真的是靠自己去的伯克利？解析女神真面目！

最近爆红的拿下顶级学霸超级富二代孟约的网红只只，大家认识吗？我今天闲得发慌，就翻了下这位号称学霸网红的履历，发现了一丝奇怪的地方。她本科确实是读的985重点大学，但比起菁华这种学校还是有一定差距的，但如果粉丝非要用专业来“挽尊”，那我也承认T大的计算机系排名确实不错。但我看了下这位只只在校绩点和文章发表情况，都极其一般。但就是这样一般的成绩，居然申请到了CS四大名校之一的加州大学伯克利分校，更让人震惊的是，她的老师还是CV领域大牛Johnson教授。要知道这位只只是Johnson教授这两年内收的唯一一个学生。神奇吧，这么一个学术大牛居然收了个资质平平的学生，没有后台和暗箱操作谁信啊?

既然说到后台，我们就来复盘下，只只本名许稚，高中在长荣就读，大学在T大，但值得注意的是，她父母都是教授。母亲是S大英语系教授，而父亲是S大物理教授，标准的高知家庭。虽不知她父母在其中做了哪些操作，但给予的帮助一定是普通人所没有的。再来谈谈这几天轰动的孟约恋情，这位顶级富二代还是顶级学神，一直是万千少女包括楼主在内心目中的男神，但居然选择了一个靠着不正当手段上学的网红。可见男人都是肤浅的动物。

这篇帖子的回复已经超过100页，传播还不止于此，微博已经有传开，不一会儿就转发过万。

许稚指尖颤抖，脸色惨白，不敢看评论。

她自己问心无愧，可连自己的父母和孟约都被别人轻而易举地猜测。

胡淡淡见她脸色不好，走过来，刚看了一眼就炸了：“有病吧，这种谣也能造。”

是啊，网红、父母高知、世界名校，每个点都刺激着网友的神经。

如果处理不好，别说她了，就连她父母的工作都会受影响。许稚抿着唇，眼眶有些红。

“树大招风，孟约又这么高调，你肯定要受影响。以前有过一些女生在网上对孟约表示好感，都被他的太太团撕到删微博。”胡淡淡安慰了许稚几句，觉得这发帖人也太瞎了，“这明里暗里踩 T 大干吗？你绩点多少啊？”

“4.8。”

胡淡淡更气：“4.8 现在都算绩点一般了？现在黑人连事实都不管了吗？那你之前参加什么 ACM 比赛他们怎么不说了，被嫉妒蒙蔽的女人真可怕。”

许稚心烦意乱，关掉手机，看向胡淡淡：“试礼服吧，清者自清。”

快要结束的时候，孟约和沈嘉鱼过来。胡淡淡还和之前那样没给沈嘉鱼好脸色，意外的是连孟约都惨遭牵连……

孟约没看胡淡淡，直接走向许稚，钩着她的手：“脸怎么这么白？”

许稚摇摇头，不想说网上的事情：“今晚你做饭好不好？”

孟约一愣，下一秒又看着她眼睛点点头。

许稚也只是随口一说，没想到孟约居然真的无比认真。

“我开玩笑的。”

孟约将许稚带到超市，推着购物车，一副大采购的样子，似乎要做满汉全席。

刚刚沈嘉鱼和胡淡淡听说孟约要做菜，申请来吃，被孟约非常冷漠地拒绝了。

许稚想起沈嘉鱼吃瘪的样子，就觉得好笑：“为什么不给他们吃啊？”

他正在冰柜旁挑选蟹腿，想都没想直接说：“想得美。”

逛完生鲜区，孟约居然还去看起了零食。看着他拿着一包一包零食往购物车里放，许稚奇怪："你要吃这些吗？"

他看了她一眼，理所当然："不都是你喜欢吃的吗？"

许稚一顿，这才发现，购物车里所有的零食都是她喜欢的。可她从来都没说过，他是怎么知道的呢？

晚上小公寓的厨房里，暖黄色的灯照着，孟约穿着柔软的灰白条纹的短袖，皱着眉，正对着一堆食材发呆。

许稚偷偷拍了两张照片，明明充满生活气息，但只要这个人在，怎么都像拍画报一样。

孟约把计量器翻出来，看他精益求精、严苛认真的模样，好像在做什么高端实验。

许稚眼里都是笑。她跑过去，从后面抱住他，脸颊贴在他背上，来回轻轻蹭了蹭："要不我做吧？"

"不行。"他终于看懂了虾线要怎么去，回头，拍了下许稚的脑袋，大掌拿下来的时候，掐了下许稚的腰，"去等着，别待在这里。"

"可是我想陪你。"她紧紧搂着他的腰，撒娇得不像话。

孟约眉头又皱了起来，回身猛地将她抱到怀里，像抱小孩那样，下一秒就将她放在大理石台面上。他俯身靠近，她仰头看着他，要亲不亲时最为磨人。她抓着他的手臂，眼眸里都是他的倒影，粉唇轻启："你不想我陪你吗？"

好吧。他掐着她下巴，咬了她一口，下一秒，又托起她的屁股，将她直接抱到客厅，放在沙发上。

他说："再捣乱，就不吃饭改吃你。"

许稚脸一红，连忙捂住岌岌可危已经露到大腿根的裙子："不行。"

他挑了下眉，眸光微闪：“为什么？”

她脸烫起来，小口地呼吸，目光不敢看他，绕了一圈发现他逼得更近，手溜进她的衣服。

许稚连忙拉住他的手，眼眸里似乎含着水，锁骨那还有一颗醒目的草莓，这模样真的很像是被人狠狠欺负了。

孟约咬着舌尖，手掌力度不减，从腿根到细腰，还在掐她。

她语气更娇：“疼，好疼。”

小姑娘真的娇气，皮肤又嫩又娇，随便碰一下都能生出印子。孟约摩擦着，将她抱得更紧。

厨房的水龙头已经开了很久，不知一会儿会不会将整个房子都泡了。

孟约向来冷静的大脑却无暇顾及，他贴在许稚的耳边，亲了下，然后万分不要脸地问：“下次我轻点。”

小姑娘脸红得都要滴血。

他却低声笑，唇时不时地擦到许稚的脸颊：“但要是这样，只只不喜欢怎么办？”

……

其实，只只什么都喜欢的。

晚上十一点，许稚吃完饭先睡着了。

孟约正拿着笔记本电脑在看帖子，他脸色冷淡，眉眼间更是冰冷。

【沈 fish：闹得蛮大的，你打算怎么弄？】

孟约没回沈嘉鱼，正好手机响了，他接通电话说了几句话。

不一会儿……

【沈 fish：牛！你居然能让 Johnson 教授亲自发澄清声明。】

孟约冷笑一声，敢黑他家小姑娘。

这件事真的闹得很大，都挂上热搜了。好在许稚人缘不错，几个长荣和 T 大的同学都出来为许稚说话。可就算这样力证许稚是真才实学的学霸，都堵不住悠悠众口。

直到——学术界德高望重的 Johnson 教授亲自发了澄清声明，还公开了一部分许稚的申请材料，才让风向彻底扭转。

孟约从头到尾都没转发相关的内容，好像是不管许稚到底怎么样，他都认定了这个人。

【沈 fish：对了，我后天结婚，你爸妈是不是也要来？】

【Yul：……】

孟约手指顿了下，眼眸微眯。

是时候让小姑娘见公婆了，他得早一点儿得到法律保护。

（2）

“茸茸，你有没有办法查一下孟约他爹妈喜欢什么类型的女生啊？”

此刻已是深夜十二点，刚准备入睡的容茸收到了这条微信。她丝毫没犹豫，直接拨了语音通话过去：“呀，你都要见家长了？”

许稚偷偷看了眼孟约，发现他正在专心打电话，她拿着手机走远了一些：“也不是专门见，就是会在一个场合上遇见。”

容茸显然还陷在激动里：“天哪，天哪，天哪，你不会硕士没毕业就已经二胎都生完了吧？”

“……”

“你这才去美国多久啊，就从暗恋七年求而不得发展到见家长的剧情了，你们美利坚过的是两倍速吧？”

许稚开始后悔自己找错人了：“你别感叹了，好吗？”

容茸彻底没了睡意，她翻着电脑：“我刚刚在工作群里问了，大家纷纷表示孟家大佬低调成性，你说我要不要抢先发布个孟家儿媳大起底啊，说不定我就能留下来转正了。”

许稚低着头：“你就没点内部消息？”

她没注意孟约已经打完电话，正靠在墙上看她。他见她皱眉的模样，真有种穿越到高中时代的感觉，仿佛又看到她面对英语的着急模样。该怎么告诉她，他父母已经到了，从机场过来也就一个多小时，她会不会急得跳起来咬他？

孟约觉得自己有些恶劣，早上睡得迷迷糊糊的小姑娘，还没睁眼就往他怀里拱，抱着他想亲他。而他呢，将她拥在怀里，亲够后，就扔下这么个重磅消息。

许稚当时眼睛瞪得老大，足足愣了三十秒，才确认他不是在开玩笑，然后就急躁得开始满屋转圈，刚刚好不容易趁他打电话去搬救兵。只是，她什么时候才能知道容茸真的只是个狗头军师啊。

“许稚。”

许稚捂着电话回头惊吓地看他。

孟约看了看手表：“换衣服吧，他们马上到了。我订好餐厅了，我们先吃一顿饭。”

许稚回天无力：“好……”

她在衣柜里选了一件自认为最受家长们喜欢的淑女风针织裙，她在杂志上见过孟约父母的模样，好像……都是不苟言笑的人。

学校附近的餐馆不多，孟家人不喜欢西餐，订了一家粤式餐厅。

许稚局促不安地坐在包厢里，孟约给她倒了一杯大麦茶，安抚地握住她的手：“我父母都很难相处。”

许稚不敢相信地抬头看他，这种情况，一般不都是说自己父母很好相处吗？

他轻轻捏着许稚的指腹，见她被吓到，又宠爱地捏了下她下巴：“只是让你们认识一下，以后不需要相处，所以你不用太紧张。而且就算你不喜欢他们，也无所谓，反正也就走个形式，你喜欢我就行。”

他难道真的没有说反吗？

“那……如果他们不喜欢我，会不会给我一张支票让我离开你呀？”许稚还发散性思维地想了下，如果这样的话，她要填多少金额才好。

她一抬头就跌进孟约的眼眸里：“这么想拿钱走人？”

许稚立马认㞞：“没有，没有。”

孟约却来劲了：“不过你可以要要看。”

嗯？

他撑着下巴，目光紧紧盯着她：“我也想看看自己值多少钱。”

许稚感觉自己受到了暴击，连忙说：“多少钱都不让。”

他满意地笑了，目光始终未移开，反而一点儿一点儿要将许稚吸引过去，她不设防地被他引诱，耳边忽然听见他声音……

他说：“只只亲亲我。”

许稚心里发痒，手心湿漉漉的，身体下意识地朝他靠近。

半米……十厘米……越来越近……

马上就要亲到……

包厢的门开了……

"咳，爸，妈。"孟约的声音在许稚耳边响起。

许稚条件反射地站起来，满脸拘谨，该怎么解释，她刚刚要强吻他们儿子？

许稚连耳根都在烧："叔叔、阿姨好。"

一顿饭吃得格外安静，许稚摸不透这种大家族是不是都有食不言寝不语的习惯，最后居然把自己给吃撑了。

孟约摸着她的肚子在笑，她却捧着脸在担忧："我是不是表现得不好啊？"

孟约没说话，许稚急得咬了他一口："你居然一点儿都不急。"

"我只是在想，以后有孩子了，你是不是什么事都会这么担心。"

许稚不敢相信地看着他，居然就这一会儿他都想到这么远以后了？

（3）

胡淡淡和沈嘉鱼的婚礼办得很浪漫，许稚尽职地做完伴娘后，就躲在人群后面，捧着香槟看着这幸福的一幕。孟约在不远处打电话，眉头一直皱着。许稚知道他能提早放假是因为课题不顺，教授大手一挥让他们散散心，回来再专心做研究。只是这两天他电话好像明显多了起来。

沈嘉鱼喝多了，摇摇晃晃地坐到许稚旁边，目光掠过许稚看到了孟约："你们总算是在一起了，我再也不用看这人自虐了。"

许稚愣住。

沈嘉鱼笑了笑："你不知道当年你把他拉黑了，他脸黑了一个月，我都不敢惹他。高三时搬去别的楼，他还会绕路去看你。我当时就在想，你到底有什么魅力，能让孟约这么上心？后来他错过高考，被家里押去伯克利，你不知道他怎么过的，酗酒抽烟同时可以做三个课题，我都以为他要疲劳过度猝死。"

沈嘉鱼望向许稚："听说你见过他父母了？很不好相处吧？"

她点了点头。

"没事，他们现在拿孟约没招了。你以为孟约真没被逼着相亲过啊？不过孟约态度强硬，而且他就算不要这家族产业也没事。但他没事，他爸就他这一个儿子能没事吗？小稚子，孟约这是要美人不要江山啊。"

许稚看着不远处那个穿着休闲西装的男人，他很高又瘦，不注意时会有些微驼，从少年时就有的气场，这些年渲染得更甚。这段时间头发长了些，风吹过时，会遮住眼睛，却遮不住惊艳。

孟约几乎没和她说过这些年的事情，她偶尔会问他，难道他身边真的没有人吗？

他总是笑得有些无奈，捏着她的脸颊："有你一个都要死不活了。"

当时许稚不明白。

现在听来却要受不住。

可沈嘉鱼却没有停止的打算，他作为和孟约一起长大一起求学的兄弟，这些年孟约经历的所有，他都看在眼里。

"孟约拒绝家里的安排后，他家就断了他的经济来源。他也是狠，一边上课还一边兼职，居然文章研究都没落下。你看，他现在虽然人在我的婚礼现场，但他的实验室已经给他打了十几通电话。你以为课题不顺真能放假吗？他前段时间压榨自己，恨不得一天有 48 小时，把进度赶完才抽出这几天时间。你信不信，他连圣诞都待不了，就要回去？”

孟约终于打完电话，沈嘉鱼端起酒杯就找他拼酒，两个人闷着头谁都不让谁，一直在喝。

胡淡淡忙完一圈过来惊了，拉不住，看到许稚居然就站在一边放任他们，问：“你怎么不劝劝？”

许稚眼圈有点红，声音哑哑的：“难得开心嘛。”

她觉得自己可能真的被宠坏了，从来都站在自己的角度在思考问题，享受着宠爱。

有时候，她也觉得自己好像在做梦，孟约对她太好了。但她好像只记得自己的付出和辛苦，忽略了孟约背后那些不为人知的事情。

凌晨三点。

公寓里暖气在吹。

窗帘紧闭，孟约酒精烧脑，头疼地睁开眼。西海岸雨多，淅淅沥沥地下着绵绵冬雨。

他动了下，发现自己的手被人抱住，看过去，果然是许稚。她穿的好像是他的短袖，头埋在他怀里，紧紧地抱着他。

孟约本来很渴，此刻突然不想喝水了。

小姑娘的脸白，皮肤也嫩，睫毛像小树林一样密密的，勾着他心痒。她高中时就好看，顶着校花的名号招摇过市，没想到上大学了，长开了，更好看了，藏都藏不住，拥有百万粉丝，一群人在后面喊老婆。心里醋意比较重，他搭在她屁股上的手用力拍了拍，小姑娘吃痛地哼唧出声。

“怎么了？”她困得睁不开眼，声音都黏糊糊的。

孟约亲了她一口：“没事，睡吧。”

她蹭了蹭他的脖子，又睡过去了。

雨势更大，夜里气温也降了不少，房间里是小姑娘精心挑选的海洋精油的味道。

他闭上眼，把许稚抱进怀里，肌肤贴着，心跳忽然很快，他忽然明白了什么是梦想。

小屋温暖，美人在怀。

果然圣诞节前两天，Joss给孟约发了十八封邮件，打了二十二通电话，让他快点滚回匹兹堡，最后没办法居然都找到了许稚。

“你回去吧，我没事的，我打算过两天回国一趟。你这样，我感觉自己好像耽误了科学进步一样。”

孟约低头扣皮带，不理她。

许稚觉得他在和自己撒娇，心头更软，踮着脚，亲了下他下巴：“约约乖。”

他猛地看她，眸子雪亮。许稚吃不住，耳根开始烧：“我会天天给你打电话，发短信，每天都努力喜欢你的。”

“不行。”

“啊？”

他忽然俯身抱住她，整个身体的重心都放在她身上：“你不能离开我。”

“我没有离开你。”

“你不喜欢我。”

“我怎么会不喜欢你呢？”

他叹了口气，唇贴在她脖子上：“那你就不离开我。”

怎么又绕回去了？

看到这样撒娇黏人的孟约，许稚哭笑不得：“约约听话的话，我会给你大奖励。”

他期待的表情，最多三岁。

许稚好不容易才将他哄上飞机，怎么有种送不听话黏人的儿子上学的感觉？

许稚拍了拍脑袋，对上对面胡淡淡的目光。

胡淡淡准备去医院做产检，这些日子，她听沈嘉鱼说过不少孟约的事情。

“你也太幸福了吧。”胡淡淡又酸又嫉妒，“孟约居然是小奶狗类型。”

许稚：“……”

“对了，圣诞节我和沈嘉鱼打算去布拉格玩，你去吗？”

许稚摇摇头，母亲知道她已经放假后，已经催了几次让她回家。

只是，布拉格啊，一定很浪漫，以后一定要和孟约一起去。

是许楚瑜到机场来接许稚的，孟约给她发了几条短信问她到了没，还确认了有没有人来接她。明明只出国了半年，又不是不认识，真是把她当小孩子了。

许楚瑜将她的行李箱放在车上，然后就八卦地问她：“我都看到了啊，怎么妹夫没跟你回来啊？你爸妈估计也知道了，毕竟是学术圈的事情。”

许稚心一跳，差点儿忘了……

“我看了照片才想起来这个孟约是和我同届的那个孟约吧？也太帅了吧，我和你说，我公司的同事前一阵都花痴了好多天。”

许稚脸有点泛粉：“是很帅。”

许楚瑜一愣，笑得更大声：“你还真是不谦虚啊。”

前两年许稚家楼上的邻居要卖房子，曹女士不知怎么想的就和人家谈了谈把房子买了下来，还将上下打通。

房子大了，但许稚一直在外面上学没住几天。

因为许稚回来，一大家人都过来吃饭，许稚心里藏着事，一直用余光偷瞄曹女士的表情。

许稚的父母哪是知道这么简单，曹女士差点儿把孟约的所有论文打印出来精读一遍来了解这个人。

果然酒过半巡，曹女士喝了口茶，目光扫了过来：“你那个男朋友怎么没回来？”

许稚差点儿将嘴里的鱼刺吞下去：“课题进度太赶了，他还在实验室。”

身为物理博导的老许非常感同身受，刚想发表意见，就被曹女士瞪了回去。

“我要不问你，你是不是不打算坦白了？”

许稚理亏。

“是不是那个人？”这是母女两人的隐秘，许稚惊讶曹女士还记得，两人目光对上，她又点了点头。

曹女士难得不强势起来，这么多年了，自己的女儿自己知道。而且，她也了解了这个男生，确实是个很优秀的人。

“他家怕是不简单，许稚，你得想好。”

许家比较简单，最多算是高知中产家庭，和家业庞大的孟家比起来确实不值一提。许稚忽然想到孟约的眼睛，他总是盯着她，生怕她逃走。

“我想好了。”

（4）

晚上视频，许稚见孟约还在学校的实验室里，眼睛红得吓人。她心疼地刚想说一些话，就听见一个很响的声音，再看过去，视频通话已经被中断。许稚心一急，连忙打过去，却一直无法打通。

许稚急得团团转，给 Joss 和乐音打电话都联系不上。

难道发生什么大事了？怎么可能一个人都联系不上？

终于……沈嘉鱼接了电话。

“啊？我不知道啊，我本来打算在纽约玩几天再去布拉格的，但是现在暴雪，机场关闭。会不会匹兹堡停电了啊，一停电网络通信什么的也都受影响，你再等等。”

许稚等不及，连忙查了下新闻。新闻上说匹兹堡最低气温已经跌破 −20℃，风速高达每小时 50 英里，积雪厚度达到 20 英寸，还说已经造成人员伤亡，匹兹堡大部分地区都处于电力中断状态。

暴风雪天气还在继续，沈嘉鱼在电话那边抱怨说已经取消了3000个航班。

那声巨响太像爆炸，理智告诉她，孟约应该不会有事，但手上动作没停还是订了去匹兹堡的飞机。

曹女士见她慌慌张张的，刚到家又打包行李要走，难得没多问，只让她自己注意安全。

在芝加哥转机时等了四个小时，才有一班飞机不怕死地飞往匹兹堡。

雪势本来已经小了下来，到宾州境内居然又疯狂起来，安全降落时，飞机滑行到停机坪陷入雪堆中。未知的恐惧，让整个机舱的人都焦虑不安。

许稚的手机突然响了，是乐音打来电话。

“学校一个实验室在停电的瞬间炸了，孟约的实验室刚好离得近，不过没什么事。”乐音听到飞机的广播声，“我的天，你不会已经到匹兹堡了吧？”

许稚“嗯”了一声，她心一直悬着，刚刚乐音轻描淡写的一句话让她惊到。

“孟约真的没事吗？”

“呃……”乐音停顿了下，“就破了点口子，然后有点轻微的脑震荡，没什么。”

“这还没什么？”

乐音那边好像有什么事，没说两句就挂了，这边飞机还陷在雪堆里没出来。

降雪还在持续，许稚看着机舱外的天，慢慢烦躁起来……

“许稚来了。”乐音看向绑着绷带的Joss，“孟约就被玻璃刮了下，她不是回国了吗？有必要飞来吗？”

他们俩边说边走，看见孟约正在急诊区缝针，他座位在窗边，发生爆炸时，玻璃被震裂，正好划到了他脖子，看上有些吓人，其实伤得不深。

当时把Joss吓死了，以为孟约课题进行不下去，趁机自杀……

给孟约缝针的医生是个混血小姑娘，近距离看着他脸就红了，拿着针的手颤颤巍巍。

“你去和孟约说。”乐音拉了下Joss。

Joss也不敢：“你去。”

乐音拿着车钥匙：“那算了，我去接许稚吧。一会儿直接公寓见。”

乐音一走，Joss就跑过去，他没敢说许稚来了，怕孟约针都不缝了直接去机场，只好委婉地说：“你是不是没和许稚说你受伤了？”

孟约皱眉：“告诉她干吗？”

Joss想，坏了。

大雪漫天，飞机经过两个小时的清理，终于恢复正常。许稚从通道里出来，就看见乐音。乐音裹着一件长款羽绒服，从头到脚都包了起来。看见许稚，她一笑：“我可是冒着生命危险来接你的。”

许稚有些不好意思，还在担心孟约，问了几句。这时Joss的电话打来，乐音这才想起来，他们就开了一辆车。

乐音带着许稚，又去医院接 Joss 和孟约。

可能怕碰到伤口，孟约格子衬衫的扣子没扣，外面裹了件羽绒服。雪太大，从医院门口到停车的地方就几步路，都落得到处是雪。许稚着急下车去看孟约，两人的距离只有几步的时候，孟约似乎不敢相信一样，脚步顿住，眉头狠狠地皱起。他本就发白的脸，更加苍白。Joss 努力降低存在感从他们身边走过，爬上了车。

“Yul 生气的样子太可怕了。”Joss 瑟瑟发抖。

乐音看好戏地垂着头：“别说，真养眼，像演偶像剧一样。”

天真的太冷了，风呼啸而过的声音都可怕，孟约捞起许稚外套的帽子，给她戴上，抿着唇一言不发地上了车。

车上那对白痴情侣，还贴心地将后座让给他们。

许稚后知后觉地发现，孟约真的生气了。

车厢狭小，雪花被暖气吹化。许稚偷偷捏住孟约的手，却被他躲开。她一下子愣住，眼圈开始红起来。

似乎注意到了小姑娘的情绪，孟约叹了口气，指尖终于碰到她。

在圣诞节来临前的十六个小时。

乐音突然开口：“呃……我突然想起来导师找我们过去讨论论文，你们先回去吧。”

Joss 奇怪：“你导师吗？什么论文？”被乐音猛地一掐，他声音都变了，“对对对，讨论论文，暴雪天最有学术氛围了。”

车门关上，许稚跟在孟约身后，他们俩谁都没关心乐音一戳就破的借口。

电梯到七楼，进门前的那一秒，许稚忽然拉住孟约的衣角。

“你还在生气吗？”她声音很软，可能是因为长期飞行又加上被暴雪困得几乎二十四小时没睡了，还带了几分疲惫。

孟约低头关门：“嗯。”

许稚有些急：“你不要生气了好不好，你伤得严重吗？我好担心，听说是你办公室隔壁的实验室爆炸了，是化学实验室吗？还是什么？有没有有害物质啊？乐音说你还有轻微脑震荡，你现在头晕不晕？”

屋子里没光，他差点儿忘了，这一片是停电区域，电力公司说要一周才能恢复所有区域的供电。

所以供暖也没了。

小姑娘想不了那么多，全身心都在孟约身上。他却不说话，抿着嘴角，就是不肯消气。

许稚拉着他的手，靠得更近。

她逼近孟约，甜美的气息也在侵占他。

“你说话呀！”

“没事。”

“什么没事？你一条信息不给我发，也不回我电话。脖子上那么大一条伤口，像蜈蚣一样，还说没事。”更可恨的是，她还不知道是什么性质的爆炸，万一有什么有害气体泄漏，会不会有什么后遗症啊？

孟约终于低头看她，瓷娃娃一样的小姑娘，眼圈红得吓人，满脸都是心疼和不满。他忽然伸手，不客气地掐了下她的脸：“你怎么来的？”

“乘飞机呀，从海城飞到芝加哥，然后再到匹兹堡。”

他闷哼一声：“暴雪停飞，你真不要命了。许稚，我真的很生气。”

他声音很哑。其实爆炸发生前，他已经三天没合眼，停电前的十分钟，他才处理完数据。刚和她连上视频，就停电了。停电的那瞬间，爆炸发生，连带着他手机都报销了，然后就一片混乱。

暴风雪、混乱的交通、混乱的人群，他混乱中被送来医院。

新闻里在报道又有几人伤亡，请市民待在家不要外出，也不要扫雪。医院的急诊室很忙，多的是被暴雪袭击的无辜市民。他伤得不算重，等了很久才轮到他。医院的电视里，在说有一架客机在降落时陷入雪堆，动弹不得。他一开始没注意，现在回想，那不就是许稚所坐的航班吗？

孟约可以想象，许稚是怎么一个人跑去机场，一个人坐了十几小时的飞机，在恶劣到极致的天气里前行。不是没有人在这场暴风雪里受伤甚至失去生命，飞机也不是一定安全，陷进雪堆那瞬间多绝望，他甚至都可以感受。

小姑娘又贴了过来，雪白的小脸冰凉凉地贴着他的手，本就好看的眼睛，像一块美玉："可是我担心你。"不要命，还在撒娇。

孟约头疼，脖子也疼，不知道是不是脑震荡的后遗症，眼前天旋地转起来。

许稚凑了上来，在他唇上亲了又亲，然后抱怨："你都好久好久没亲我了。就知道生气，都不知道亲我。你好坏，好坏。"

呵。他在心底冷笑，她怕是还不知道什么叫真的坏吧。

"对了，我和我爸妈提起你了，他们问我，你什么时候回去见他们？"许稚小心地观察着孟约的脸色，"他们还说，既然全世界都知道我和你的关系了，那什么时候可以合法一下？"

气氛仍是安静。

孟约没说话。

许稚的心扑通扑通地跳，他看起来实在太生气了，现在说这些是不是不太好？可是……到底要怎么办？亲他都不理人。

哪有人这样的？

突然，许稚被抱了起来。身上是厚重的棉衣，她怕他受伤，想挣扎又怕这样会伤到他。

屋子里真的超级冷，呼出的气都能看见白雾，耳边都是窗外呼啸而过的风。许稚被他抱着，脑袋贴近他受伤的脖子。

孟约的脖颈线和喉结长得真的很性感，她曾经存了一张他喝水的侧面图，甚至还做了很久的屏保。

现在他的脖子居然受伤了，还缝了十几针，厚厚的纱布缠着，不知为何多了几分病娇美。

许稚没忍住，唇贴在上面，亲了一口。

男人的脚步停顿了一下。

“许稚。”他声音太哑了。

许稚低低地应了一声。

“我生气的后果很严重的。”

她脑子不清楚：“嗯？所以不能合法了吗？”

他没想到她会这么说，喉结动了下。

就在这个瞬间，许稚贴上了他的喉结，牙齿细细地咬了一下……

孟约倒吸了口凉气，又在叫她名字：“许稚。”

“你为什么总叫我全名，人家都叫宝宝、宝贝的？”她对这个称呼不满很久了。

孟约寸步难行，他都在佩服自己，脑子居然还能运行："宝宝，那我们要合法下吗？"

许稚脑子一片空白，身下一片柔软，才知道自己被扔到了床上。她看着他，抓住他正在解皮带的手："你同意了吗？"

他微笑着抓住她的手，带到皮带上，让她来解。

许稚脸烧得通红："那你说的惩罚是什么？"说完又想到什么，"你受伤了，不能剧烈运动。"

他动作不变："嗯，所以都交给你。"

啊？

没有暖气的屋子，衣服被脱掉时，皮肤被冻得起了一层鸡皮疙瘩。她万分为难，什么都不会，被他抱在怀里，两人毫无阻隔地贴着。被子里都带着冷气，没一会儿却被他们弄得热乎乎的。

许稚感觉呼吸艰难，被他骗得又趴在他身上，终于找回了些理智。

"你怎么总想这些事？"

"不然想什么？"他亲着她后颈反问。

许稚全身都红了，没有手捂住他的嘴，只能用自己的嘴巴将其堵住。

"我是个粗俗的男人，所以没办法……"

"什么？"

"没办法，看到自己喜欢的女人不去亲她……"

"……"

（5）

雪下了一周，他们就疯了一周。从圣诞待到元旦，跨年的时候，容茸隔着时差打来电话。

“怎么样，新的一年能怀孕吗？”

去医院换药时，顺路买了个蛋糕，许稚一只手握着手机，另一只手拿着叉子正在逼孟约吃奶油。

他皱着眉，手还不老实，抓着她就往自己身上靠。许稚来不及避让，奶油蹭了他一身。

“啊！”她起身找纸巾，可他抱着她不放手，眼睛直勾勾地盯着她。

许稚下意识觉得不太好，连忙要跑，后脑勺就被他固住，居然直接将她唇按在了他粘着奶油的肌肤上……

容茸半天没等到许稚回话：“我说你们那好像是大中午的，你们不会还在忙吧？”

许稚推了孟约一下，脸颊泛粉，小声说：“容茸……”

孟约才不管，视线停留在她唇上：“舔掉。”

许稚气得咬了他一口。

容茸也不知道听到了多少，在电话那边尖叫：“我要挂了！”

“别挂呀。”许稚终于得到机会喘息，“我过几天回去。你回苏城吗？”

容茸冷哼一声：“你放心，我肯定会回去的。程锦和他们球队过年那会儿有个明星赛就在奥体打，我打算去看。”

许稚有些惊讶：“他现在是不是在 CBA 打球？你居然和他还有联系？”

“废话，多参加同学会还是有好处的，好吗？”

许稚笑了下，看见孟约从床上起身，凑过来亲了她一下，然后捞过一件卫衣套上。

他贴在她耳边，轻声道：“我去做饭。”

许稚拉住他手，仰头看他：“我做吧。我都没正经做过。”

孟约笑着摇头：“不行，你得养足精神吃饱喝足，然后才能喂饱我。”

许稚：“……”

容茸：“我真的挂了！”

许稚红着脸，连忙推开他。

“我说你们真的够了，能不能可怜下我这个单身狗，我只是拜个年而已，都要被迫吃这种跨国狗粮。”

许稚“嗯”了两声，好不容易才把话题岔开。

“前几天顾一翎还联系我了呢，估计也是看到你被黑，特意问我要不要帮你辟谣。我说万一他还喜欢你怎么办？”

许稚轻轻吸了口气：“不会的，我之前还去看他演唱会了，他的人气超级高。不过真的好奇妙哦，他居然都成大明星了。”

“你不会后悔了吧？”容茸打趣。

“才不会。”许稚停顿了两秒，“容茸，我现在已经梦想成真的。”

容茸声音轻了一些：“我知道。许稚，我真的佩服你，喜欢一个人能坚持这么久，而且可以为了能和他在一起那么努力。如果是我，我做不到。”

她们又聊了一些老同学的近况，好像他们那一届大家都挺不错的。当年的班长谭修菁华大学保研现在物理研究生在读，程锦和是 CBA 的明星球员，桑柔听说成了律师，而沈嘉鱼居然是第一个结婚的。

许稚挂了电话，跑到厨房，孟约在煮意面。前天电力恢复，冷冰冰的公寓，终于温暖起来。许稚忍不住盯着他看，从什么时候开始，她居然已经习惯了，孟约在厨房做菜的样子。

“你过年回去吗？”

孟约点了下头：“总得回去拜见准岳父岳母吧。”

许稚硬是待到了 1 月 9 号孟约的生日过完才走，直到她走的前一天，Joss 才过来。

“孟约说我要找他的话，bug（漏洞）就自己找，简直太狠了。”

许稚被 Joss 闹红了脸，低着头整理行李。

孟约倒是云淡风轻，拉着她的手：“随便带几件衣服就好了，不够我回去给你买。”

“那放在这儿也不行啊。”许稚想都没想就回。

没想到他语出惊人：“我睹物思人不行吗？”

行行行。

机票订的是第二天下午三点的飞机，没有直飞的，回到家得后天晚上十点多。

没想到，晚上曹女士一通电话打过来，彻底打破了原有的计划。

“许稚，爷爷住院了，快回来。”短短的一句话，却传达着巨大的信息。

许稚的爷爷今年九十岁，平时身体硬朗，就在刚刚突然脑梗送医院急救。老人年纪大了，一点儿小病小痛都经不起，许稚小时候是在他身边长大的，这通电话一打，她眼睛就红了，连声说好，可也不是说走就能走。

孟约打了几个电话，然后去卧室拿了件外套：“走吧。”

许稚没反应过来。

他拿起车钥匙：“我们开车去费城。家里正好有产业在那边，申请航线的话，我们开车过去就差不多了。顺利的话，明天中午就能到了。”

许稚还没理清楚，就被他一手拉着一手拖着行李箱带进车里。

所以……

他家有私人飞机的传闻也是真的？

上飞机的时候，许稚脑子还是蒙的，她看孟约也跟着上来：“你也去吗？”

他理所当然地看了她一眼：“嗯。”他伸手揉了下她眼角，“睡一觉，别担心，睡醒就到了。”

真的比想象中还要顺利，第二天中午就到了，下了飞机就往医院赶去。

曹女士在电话里说：“没事没事，就是脑子不清楚了，真的年纪大了。你到哪儿了？”

许稚看着导航，孟约提醒：“半小时。”

“半小时？”

曹女士惊讶：“这么快？”

许稚心稍稍放下，是啊，她也很惊讶。

赶到医院时，爷爷已经清醒过来，只是说话还不清楚，但已经有行为能力。医生说是轻微脑梗，没什么大碍。但许稚眼睛还是红了，她不想让老人看见她哭，偷偷将眼泪擦掉。

病房里有不少人，所有人的目光都看着许稚的身后。

虽然连夜赶来很是狼狈，衣服没换澡也没洗，但孟约还是和一般人有差别。

许楚瑜第一个发现了孟约，她拉了下自己老妈的手，她妈又给曹女士使眼色。

孟约居然把自己与生俱来的冷漠和高冷收了起来，对着一屋的老老小小露出了很和善温柔的笑容。

他看着曹女士，十分有礼貌地喊："阿姨好。"

许楚瑜的妈妈拉着曹女士的手，激动得差点儿藏不住表情。还是曹女士见过大世面，非常得体地回："孟约吗？"

"嗯，许稚的男朋友。"

许楚瑜的妈妈终于忍不住了："小伙子长得真好啊！听说是搞计算机。哎呀，许稚真的有福气，找了个这么优秀的男朋友。"

许稚终于清醒过来，小脸一红。她对上大家的目光，悄悄拉了下孟约的衣服，将他带到爷爷面前。

"爷爷，这是我男朋友孟约。"

老人家显然很高兴，许稚是许家老幺，从小就听话乖巧，最受老人疼，现在有了男朋友，老人打心眼里开心。

"爷爷，您好。着急赶过来，什么都没准备。"孟约俯身靠近，说话声音不大，语调温柔。

曹女士将许稚拉到病房外，她不是许稚这种小女生，见过不少人，但孟约这种对待老人的态度，让她很满意。

"不是说今天三点的飞机，怎么提前了这么多回来了？"

许稚看了眼病房里的孟约，又看向自己老妈。她在考虑要不要说私人飞机这件事，她怕老妈吓到。她只好含糊其辞词：“改签了，孟约想的办法。”

曹女士也没多想：“一起回来了也好，正好一起过年。”

许楚瑜的妈妈从里面出来：“许稚啊，你男朋友还有什么哥哥弟弟吗？给你姐也介绍一个。”

许楚瑜头大：“妈，你别想了，孟少爷是独子。”

她妈不肯放弃：“堂兄、表兄什么的也都可以啊。”

许楚瑜无语地看了妈妈一眼，拿出手机，开始给她科普孟约的家族。

许稚突然觉得找个名气大的男朋友也不错，最起码祖宗十八代都能从百度百科查到。

（6）

老人家没什么事，在医院住了没几天，就出院了。春节前，容茸从京城回来，她们俩吃了一顿饭，就去看程锦和的全明星赛。

体育馆也不知怎么搞的暖气都没开，许稚冻得鼻尖都红了。球场上两个队打得难分难解，她好奇地看了眼容茸，发现容茸十分紧张。

可能是全明星赛，大家都以娱乐为主，但有个裁判也不知怎么回事，好像故意和程锦和作对一样，几分钟都吹了三次哨了。

容茸气得跺脚，但她又不太看球赛，不明白篮球的这些规则：“许稚，那裁判不会收钱了吧？”

许稚咬在奶茶吸管，笑道：“没，是吹得严了点，但程锦和也不委屈。”

容茸一听，立马瞪了许稚一眼。过了几分钟，她托着下巴又叹了口气：“也不知道他有女朋友没？”

程锦和只打了上半场，状态不错，拿下了12分。他眼尖地在观众席看到了她俩。下半场打到一半时，他已经换好衣服，戴着鸭舌帽，偷偷摸摸地坐到她们边上的空位上。

容茸激动，死死地拽着许稚的衣服。程锦和是那种标准的运动大男孩，一米九几的身高，来之前刚刚冲了澡，身上还有沐浴露的味道。他露出虎牙，不好意思地笑了笑，看向许稚：“孟约参加晚上的同学会吗？”说完，他挠了下头，“他是我们俱乐部大老板的儿子，之前也见过几次。”

许稚笑着点了点头，容茸兴奋地在她耳边压着嗓子叫：“我的后半生幸福就指望你了！”

“你还迷他啊？”许稚好奇。高三毕业后，程锦和就去打球了，她也没在容茸的口中听到这个名字。

容茸花痴上头：“废话，我这叫旧情复燃。快让你家孟约过来，老板发话，他还能不从了我？”

许稚拗不过她，给孟约打了电话。

孟约在电话那头笑：“现在不流行包办婚姻了。”

许稚被容茸盯得毛骨悚然：“反正你想想办法。”

她说完，容茸还不放心，抢过手机，大叫：“孟约，你要是不帮我，我今晚就不让你老婆回家了。”

许稚抢过电话，就听见孟约严肃的声音：“这个不行。”

她脸突然烫起来，她知道孟约说这话是认真的。因为今天是她和孟约初见的日子，他能放她来陪容茸看球赛已经是大发慈悲了。

她们和程锦和怕球赛结束时被球迷撞到，提前坐车走了。

长荣同学会订在本地的一家五星级酒店，她们到的时候，已经有大部分人到了。许稚刚下车就看见孟约和几个人站在酒店门口。今天风大，他穿着黑色羽绒服，头发被吹得有些乱，见她来了，笑了笑，上前拉住了她的手。

“冷不冷？”他问。

许稚摇摇头，忽然想到什么，她拉了他一下：“这是容茸和程锦和。”

容茸好多年没见孟约了，整个人很没出息地愣在那儿。许稚觉得如果不是因为人太多，容茸估计能尖叫出声。

许稚在心里笑，余光忍不住又瞥向孟约。他微微点了下头，脸上没什么表情，声音不咸不淡地回：“孟约。”真的是太普通的问候了，可他做起来好像就自带“苏点”一样。

孟约注意到许稚的目光，低头摸了下她脑袋：“进去吧。”

她的脸更红了，不好意思在这么多人面前表现得这么亲昵，拉着身后的容茸就往里面跑。

走了几步远，容茸才缓过来：“孟约真的是一年比一年妖孽啊，真的太帅。”

许稚没接话。

容茸拉了许稚一下，下一秒，忽然抱住许稚。她们认识多年，做了这么多年的闺蜜，见到自己最重要的人得到幸福，比自己幸福还要开心。

“我要抱抱你，沾沾喜气。”

许稚笑着让容茸抱，包厢里的老同学出来看到这一幕，看她俩的目光都奇奇怪怪的。

来的人不少，一个包厢三张桌子都坐满了。在读书的是少数人，大多数已经工作了。大家都在交流着近况，许稚捧着水杯和容茸坐在一旁，偶尔有人来打趣她。

过了五分钟，孟约他们才进来，居然连顾一翎都来了。

容茸主动将身边的位置空出来，跑到程锦和旁边坐着。于是，许稚左边坐着孟约，右边坐着顾一翎。

……

孟约一只手在餐桌下握着许稚的手，另一只手端着茶杯在喝水。有人递烟来，他摇摇头，然后目光看向许稚。对方立马领会意思，老婆逼着戒烟，理解理解。

许稚：“……”

本来孟约在这里就奇怪，他和他们不是一届。

许稚当初没细想，现在想来，孟约难道是作为她家属来的。她被自己这想法吓一跳，差点儿将手抽回来。

顾一翎没当回事，在和许稚随意聊：“你结婚请我吗？”

“噗……”许稚差点儿把嘴里的水吐出来，“请的。”

顾一翎冷哼一声，瞥了眼孟约：“你眼光还是差，你看看你被吃得死死的。”

他话音刚落，孟约就叫了一声许稚。许稚看过去，原来是在倒酒。

孟约一脸为难地看着她，当着一包厢三十几人的面问她：“我可以喝酒吗？”

倒酒的大兄弟愣住，也看向许稚——咋的，烟不让抽，难道酒也不许喝吗？

许稚被众人看得脸红，连忙硬着头皮点头。谁知孟约继续说："那少倒点吧，我都很久没喝酒了。要是喝多了，她又要生气不理我了。"

在座所有人："……"

顾一翎一脸吃了苍蝇的表情，看向许稚："是我错了，没想到被吃得死死的人是孟约。"

许稚："……"

一顿饭吃到十点多还不肯散场，一群人嚷着要去下半场。孟约搂着许稚，看向众人："酒店里有娱乐设施，你们随便玩，今晚都算我的。"

这时候大家才想起来，这是孟约啊，这是苏城啊，孟家的老巢啊，这酒店就是他们家的产业吧？

安抚好众人，孟约拉着许稚往外走，晚上飘起雪来。

他喝了点酒，动作都变得慢起来。许稚被他搂在怀里，就在人行道上慢慢地走。旁边有路人行色匆匆地在讨论："这是初雪。"

许稚听到后，往天上看了看。元旦刚过去没多久，路灯还挂着红色的小灯笼，整条街都喜洋洋的。江南的雪总下不大，许稚忽然想起刚见孟约那天，他全身冰冷带着冰雪气息。

"孟约，你为什么会喜欢我？"

孟约握着她的手，藏到口袋里。他笑了笑，酒气比刚刚淡了些："你好看。"

许稚愣住。

他还在笑："说得文艺点就是一见钟情。"

许稚烧得脸红："那你没见过更好看的吗？"

"没。"

许稚看着路灯下他们俩的影子，小声反驳："我才不信。"

"真没有。"

他们俩坐在公交车站的长凳上，许稚觉得冷，又把手塞进他衣服里。他被冰得眯了下眼睛，又将她拽了过来。

公交站不远处是个中学，可能是高三学生还没放假，有几个穿着校服的学生走过来，正好看到孟约和许稚。

"有人……"许稚想推开贴得很近的孟约。

他不管不顾地靠近，因为他刚才听到一句——

"在初雪里亲吻好浪漫啊。"

孟约亲了一会儿，终于放过许稚："你为什么喜欢我？"

许稚嘻嘻笑："我不喜欢你。"

他不客气地掐她，她觉得痒，连忙求饶："我是爱你。"

末班车来了，几个学生上了车，公交车站冷冷清清，只剩下他们俩。

许稚靠在孟约身上，其实如果非要问她为什么喜欢他，大约冥冥之中自有安排，不然为什么见过他后，千万人里再也装不下其他。

（7）

两年后，孟约在斯坦福大学进行博士论文公开答辩。

夜里下过一场雨，早上的温度比前几日要低。许稚穿着淡粉色的裙子，坐在教室最后一排，很安静。

答辩还没开始，观众席已经坐满，孟约正在导 PPT，他神情轻松，还和委员会的老师们在随意聊天。

许稚很紧张，全身都紧绷着。

胡淡淡问她："孟约的论文是哪方面的？"

"CV 吧。我具体也没细看，他准备博士论文的时候，我在准备硕士论文。"

她想到这个就有点郁闷，明明他只比她大一两岁，居然马上就要拿到 PhD 学位了，真是人比人气死人。

这场大概有十几个人答辩，在公开答辩前，他们已经闭门答辩过，所以一个人只有 45 分钟的陈述时间，然后就进行导师和观众提问。

许稚抬头就看见孟约朝他们的方向走过来，可能是因为要答辩的关系，他穿着稍微正式一点的白衬衫，袖口微微挽起，露出一截手臂，双腿修长，黑发黑眸。

许稚握住孟约的手："我手心都是汗。"

孟约笑了下，在她身边坐下："怕我毕不了业？"

许稚摇头，她也不知怎么描述心里的这种情绪，她硕士论文答辩时都没那么紧张。

孟约捏了下她的手，在她耳边低声道："放心，如果毕不了业，那就不娶你了。"

那岂不是她亏了吗？许稚瞪大眼睛看向他，孟约眼里都是笑意。

上午十点，答辩准时开始。

答辩委员会的教授们严肃地坐在第一排，台上苦读多年的学生拿着翻页笔正在陈述自己的学术报告。许稚认真地听着他们每一个人的论点，终于到了孟约，她精神更集中了些，过了一会儿，发现自己胸口开始痛，才发觉自己紧张得忘了呼吸。

就在此时此刻，孟约已经陈述结束，教授们提问，他认真地回答，回答时自信又得体。

胡淡淡说孟约是天才，茫茫人海，多少人因为课业压力像苦行僧一样修行，而他在二十五时就能拿到名校的 PhD。

这个圈子聪明的人、努力的人那么多，可真正能让世界知晓，成为金字塔顶尖的又有几个？

许稚背脊发麻。毫不夸张，她全身都在微微战栗，这是对学术多年来的尊敬和热爱以及对孟约的崇拜。

讲台上，孟约突然停顿了两秒，目光越过重重叠叠的观众，找到了许稚。

“最后，在这里我要感谢许稚对我的爱与支持。我在十七岁的时候遇见了许稚，从那以后她一直陪在我身边。虽然她曾经不懂数学，不懂计算机，不懂 AI，不懂 CV，也不懂我，但没有她，我就不会来到这里，不会有现在的我。感谢她的存在同时也感谢她爱我。”

许稚听着这段话，大脑一片空白，仿佛处于真空之中，连心跳都感觉不到。

深夜背单词时的无助，解不出难题时的苦闷，参加竞赛时的迷茫，在这一刻好像终于得到了答案。

为什么她可以一个人坚持这么多年？因为她一直有信心，孟约迟早会成为她的。

台下掌声雷动，答辩委员会成员离场去开会，孟约被围在一群人中间。许稚听不见他们在说什么，却能清晰地看到孟约眼眸里的温柔。

半小时后，答辩委员们回到现场，主席在宣布结果。许稚看着孟约接过博士学位证书戴上博士帽，忽然笑了。

看，那是她的男人，多么优秀！

“结束后的招待酒会，你去不去？”胡淡淡看了眼手机，等了几秒，发现许稚没回她，才看过去。

少女眼圈通红，目光还在盯着那个穿着博士服和人合影的孟约。

“人都是你的了，还看不够啊？”

许稚吸了下鼻子：“这么帅怎么看得够？”

胡淡淡觉得也有道理：“那行，你继续看，我回家带孩子了。”说完，她拎着包就走了。

孟约没过几分钟就走了过来，路过人群的时候，还有人拿着手机在询问是否可以拍照，他笑着摇摇头。

“走吧。”他握住许稚的手。

许稚被拉着走了几步，忽然想到什么仰起头问他：“我和计算机你更喜欢哪个啊？”

这问题就与我和你妈同时掉到水里你先救谁一样幼稚。

孟约却认真地看着她：“你是我想共度一生的人，而计算机只是我的兴趣和爱好。”

许稚低下头，忍不住偷笑，手握得更紧了些。

孟约的手也好看，手指修长，指甲饱满。她心里热乎乎的，感觉自己早在八百年前就戴上了专属于孟约的滤镜，觉得他无论什么地方都超级完美。

但……为什么还会有每一天都更爱他一点儿的感觉呢？

“孟约。”

他低头看她，眼眸忽然眯了下，手指在她左手无名指的戒指上摩擦：“我想起一件事。”

“嗯？”

“你好像从来没叫过我老公。”

许稚脸一红，小声嘟囔：“又没办仪式，还不算。”

他脚步停了一秒，眉头微微皱起，看着她的目光有些意味深长，似乎有些欲言又止。

车子发动之前，许稚握着矿泉水瓶，突然看他，可能是目光太过炽热，让孟约也看了过来。

许稚红着脸，下一秒，极快地吐出两个字：“老公。”

“没听清，再叫一遍。”

许稚瞪了他一眼，才不信他的鬼话。可他越靠越近，白衬衫上被阳光照得几乎透明，修长的脖颈，完美的下颌线，还有脸颊上的那颗痣……

“老……老公。”

他低头贴上她的唇，温柔地厮磨。

6 月的风暖得恰到好处，远处天蓝海蓝，阳光无限。

# 番外

只只的恋爱日记

——我也说不清你哪里好，但当我男朋友刚刚好

（1）

在没认识孟约之前，我觉得他气质好，清风朗月，还万分高冷，是个非常优秀的暗恋对象。

但和他在一起之后发现，我错了。

这货根本就是个又闷骚又腹黑的心机男，什么高冷禁欲都是装的，说他奸诈都是夸他。

那时候我刚回国，他还在美国忙后续手续，平日里就靠网络姻缘一线牵。

孟约有段时间被沈 fish 带得沉迷土味情话，天天有事没事就在微信里找存在感。

我说：“晚安。”

他说：“晚什么安，我恨不得你想我想得夜不能寐。”

不然就是——

“你猜猜我今天有什么不同？”

正被找工作折磨得不成样子的我，脾气坏到了极点。

趁着面试喘气的空当，我直接发条恶狠狠的语音过去：“说！有什么不同？”

他似乎被吓到，过了两分钟才别别扭扭也用语音回了过来。

“就……今天的我比昨天的我更爱只只了。”

“……”

我发誓，就算隔了11300公里，我都看见了他含笑的眼睛和故作委屈垂下去的大尾巴。

（2）

我和孟约算起来也是老夫老妻了，虽然在一起时间没多久，但我们几年互相暗恋，基础分高。

可能是压抑久了，他秀恩爱这个爱好，丝毫没有顾及他高岭之花的人设，反而更加猖狂。

对此他的哥们、同学甚至同事都不堪其扰。

有一天我难得不加班，买了夜宵去他公司投喂。

孟约回国后没直接回家继承家业，进了一家自己入股的独角兽公司（成立时间很短，估值过十亿美元的创业公司）做合伙人。公司在七卅路的一个弄堂里，外表看起来很低调，欧式建筑像是20世纪的私人住宅。

我在门口徘徊了几分钟，有些不好意思，给他发微信：“你出来，我买了奶茶和比萨，你拿进去和同事一起吃。”

他居然不领情：“你拿进来。”

我也不情愿："我不要。"

他少爷脾气又发作了："就要你拿进来。"

最后还是善解人意的我妥协，打开公司大门，才发现里面装修得很有情调，像极了电视剧里出现的办公室。

刚进大厅，孟约就从办公室跑过来，清清冷冷自带男神光环，接过我手里的东西，转身对着还在加班的同事说："我老婆心疼我加班，专门来慰问，顺便也给大家带了吃的。"

我："……"

加班还要吃狗粮的同事："……"

如果他说话的语气没那么炫耀的话，看起来还没那么欠揍。

有一个跟着孟约的实习生叫小记，平日里简直把孟约当作本命男神。

他咬了口比萨，看了我一眼，极其单纯真诚地说："孟神，你老婆真漂亮。"

孟约点了点头："是啊，你也只有羡慕的份。"

一边尬笑的我："……"

小记眼睛瞪得老大，似乎真的被打击到了，下一秒，难过得连嘴里的比萨都咽不下去了。

我有点于心不忍。

孟约似乎也有些良心发现，宽慰地拍了下他的肩膀："没事，多吃点，这种黄金狗粮，能吃到的机会也很难得的。"

好吧，孟约怎么会有良心这个东西呢？

（3）

我有黑夜恐惧症，一到晚上就有被害妄想症。总会胡思乱想漆黑的房间里是不是有不明生物？会不会有人半夜入室抢劫？或者窗外会不会有一个枪口正瞄准了我？

自从高一去花城那次意外后，我和孟约就养成了一个习惯。

他每晚都要给我讲睡前故事，一开始是开着语音睡一夜，后来确定关系后就开着视频睡一夜。

那天，他去美国开会。

飞机晚点了，主办方安排的酒店居然出乎意料地满房，他只能去找学弟挤公寓。

我俩一如平常地视频着。

我怕他第二天演讲紧张，就主动说："今天我给你讲个故事吧。"

他眼睛一亮，有点受宠若惊（我觉得的）："好啊。"

我脑子里转了转，又低头看了下自己正穿着的白色的抹胸吊带睡裙，有个坏念头开始萌芽。

"我们今天讲《小红帽》的故事。"我抬眸看了孟约一眼，他很乖地抱着枕头，眼睛亮亮地看着我。

我的心突然跳得有点快："小红帽是个人见人爱的小姑娘，有一天奶奶生病了，妈妈准备了葡萄酒和蛋糕让小红帽去看奶奶，还嘱咐她，路上一定不要和陌生人说话。小红帽拍着胸口保证，谁知她在路上遇见了一只大灰狼，单纯的小红帽并不知道大灰狼是个坏家伙，还告诉他自己要去奶奶家。大灰狼看小红帽细皮嫩肉的，想一定很好吃，于是就偷偷先跑到小红帽的奶奶家，伪装是小红帽的奶奶。等小红帽到了后，趁机脱了小红帽的衣服，慢慢地、细腻地吃掉了小红帽。”

我讲完后看着孟约。

他皱着眉，似乎觉得不太对：“脱了衣服，慢慢地、细腻地吃掉？”

我点头。

他突然明白过来，黑漆漆的眸子好像能吃人，紧抿着唇没说话。

大概过了几分钟。

他直直地看着我说：“只只大灰狼，我也想让你慢慢地、细腻地吃我。”

我脸红了。

他低着头往下看，怕我不明白似的：“我真的好想被你吃哦。”

我脸红得像喝了半瓶葡萄酒，被他看得心跳得更快，最后硬邦邦地命令他：“睡觉！”

而此刻在美国的孟约，全身百爪挠心地痒。

第二天傍晚，我掐着时间给他打电话，问这次顶会的情况。

他闭口不谈，电话那边反而一直传来噼里啪啦按键盘的声音。

我问：“你在干吗？”

他终于忙完：“订机票，我今晚七点的机票，不晚点的话明天中午十一点能到苏城，你做好准备。”

我一愣，没反应过来：“什么准备？”

他轻笑一声，格外性感，还有一丝诱人：

“吃我的准备。”

（4）

孟约的哥们儿是几个极其有意思的男人（沈 fish 必须在 C 位）。

他们拉了个微信群，叫 AI 五虎（沈 fish 起的）。

听起来很脑残。

但这个群的入群标准是很高的，必须要有女朋友或者老婆。

而这个群的乐趣呢。

就是互相攀比自己给老婆买的东西。

今天 A 在群里晒了给老婆买了最新出的 YSL 唇釉，明天 B 在群里晒了给女朋友买的 NARS 限量款眼影。

孟约这个激不得的天秤座，在爱老婆方面更是不能认输。

于是有一天，我在公司收到个快递，还是同事帮我拿上来的。

一打开是个 CPB 唇釉套组，估计是花了不少钱，还送了个粉色漆皮的化妆包。

我看了眼颜色，只觉不太对。

这芭比粉、荧光橙和死亡藕，绝对不是我会买的。

还在好奇，孟约的电话就打了过来。

他在那头装作不在意，其实极其傲娇："快递你收到了吗？"

"嗯。"

他内心期待我夸他，但又不好表现得太明显，于是开始循循善诱："你没什么想对我说的吗？"

我八九不离十地猜到，看了眼电脑右下角的日期。

这天不是纪念日也不是生日，我想无事献殷勤，肯定有亏心事。

于是在我事无巨细地逼问下，最后以孟约求饶告终。

他瓮声瓮气地哼唧："我真的只是想送你礼物。"

我看着这几支完全不能用的色号的口红，又感动又想哭——

感动他的心意，想哭的是他这直男审美。

事后，我生怕他再给我来一遭惊吓，于是彻底没收了他的银行卡。

他当时的表情震惊无比：“只只，我感觉你不爱我了。”

我敷衍道：“谁爱你，你跟谁走。”

他立马将银行卡扔了，紧紧抱着我：“只只爱我，只只爱我，只只最爱我了。”

果然谈了恋爱的男孩子，都是爱撒娇的宝宝呢。

于是孟约的另一个分身出现了——黏人精。

（5）

他：汪汪汪。

我：为什么要学狗叫？

他：我想逗你开心。

我看了本结局很惨的小说，只是晚上少说了点话，都被他发现情绪不对。

啊，孟约小宝贝真乖。

（6）

孟约有个很奇怪的癖好，喜欢咬人。

不，准确地说，应该是喜欢咬我，最喜欢咬我的脸。

他一开心激动就控制不了自己，下意识地扳过我下巴就冲着我脸咬下去。

我对此表示过无数次的抗议，但都无效。

后来从来不长痘痘的我，脸上居然开始长痘，而且长得无比显眼，迟迟不消。

我把这一切归咎于孟约的口水有毒。

他委屈了好久，最后做出让步。

“我保证以后再也不咬你的脸了。”

“那你再咬怎么办？”

他想了半小时才想到对自己的惩罚：“如果再咬的话，我就是只只的奴隶，让只只使唤，还给只只当牛做马。”

我半信半疑地相信了他的鬼话。

结果，说完这话还没二十四小时。

当时正在逛街，他也不知道突然瞎激动什么，箍住我的后脑，冲着我的脸咬了一口。

我吃痛地捂着脸，瞪他：“奴隶，你自己看着办吧。”

他不要脸地凑上来又黏黏糊糊亲了我一口：“只只主人，我们现在就回家吧，我已经迫不及待要用身体来弥补我犯下的错。”

（7）

我们身边的人都知道孟约是个绝世大醋王，发作起来什么醋都吃。

那天我躺在床上一边用 iPad 看电视剧，一边用手机在和刚下班正在开车的孟约视频。

屏幕里的男主实在太有魅力，我情不自禁地大叫：“天啊，这个男人好帅啊！”

孟约立马踩了下刹车：“你说什么？”

我意识到自己错了，连忙挽回：“我是说你帅，孟约你好帅，你怎么这么帅！”

好像在等红灯，孟约将手机从支撑架上拿下来，近距离看着我。

我屏住呼吸，心怦怦跳，只见他冷哼一声，偏过脸，像闹脾气的大型犬，一副等着我哄的模样。

我笑着叫他：“孟约。”

“怎么了？”

“没什么，就是想和你汇报下，我今天也好喜欢你哦。”

果然，孟约笑了。

（8）

我承认我是个讨人厌的小作精，和孟约在一起时间长了后，这个症状已经病变到无可救药的地步。

有一次和孟约闹矛盾，原因很小，我现在已经记不清了。

大概是“你今天的洗澡时间为什么比平时多了十分钟”，或者“回我信息比往常晚了几秒”这类小到不算事的事情。

我故意关了他的视频通话后，心想这次一定要忍住，过半个小时才原谅他。

于是我就把手机开了飞行模式，为了控制住自己，还专门找了本小说看了起来。

可面前的年度佳文，我却一个字都看不进去。

我看着时间，怎么一分一秒过得那么慢呢？

终于，十分钟过去了。

我关掉飞行模式。

看见孟约发来了七次视频通话请求。

孟约：理我吧。

孟约：别冷战，求你。

孟约：别不理我，我真受不了。

我心又软又疼，哪还顾得上，之前说过这次必须要晾他半小时的flag。

于是，我特别傲娇地发了个哼，以示我的退让和软化。

果然下一秒，视频通话请求立刻发了过来。

等第二天我再想起来这件事，质问他："你都没给我打电话，你一点儿都不心疼我。"

昨晚孟约因为我生气而担心得一夜没睡，现在眼下的黑眼圈十分可怕。

听我说这话，他简直觉得要把自己的心掏出来才能以示清白。

他控诉："我给你打了多少电话，你都不接！"

我不信："哪有，我都没有看到未接来电提示。"

孟约拿着手机打开他通话记录。

真的整整一页都是我。

好吧。

虽然我心里美滋滋的，但嘴上还故意闹他："看来你真的很喜欢我呀。"

孟约理所当然地说："我喜欢你当然比你喜欢我要多。"

我心里不高兴地反驳：才怪！

（9）

孟约有次做了个很不纯洁的梦。

那时他因公出差不在苏城，他很有顾忌地瞻前顾后了很久才告诉我。

孟约："我前几天做了个梦。"

我没当回事："什么梦？"

孟约强调："就是那种梦！"

我还是很迟钝："那种梦是哪种梦啊？"

孟约恨铁不成钢:"就是我和你，光着，然后你……嗯……很主动。"

我的脸立马红了："你……"

当时我正在公司加班忙着赶代码，提交 mantis（一般网络公司之类会使用的软件），没想到他居然青天白日的说这些。

我握着手机，眼睛盯着软件，脑子空白了很久。

孟约开了这个头，似乎就停不下来："这个梦后劲好大，都过去几天了，我还没出来。"

他停顿了两秒，声音变得又轻又哑："然后我就订了去哈城的机票，只只，我们圣诞节在哈城过好不好？冰天雪地的下着鹅毛大雪……然后，你……很主动……怎么样？"

我忍无可忍啪地把电话挂了，连着深呼吸好几口气都没缓过来。

路过的同事还问我脸怎么这么红，是不是发烧了？

不，不是我发烧了，是孟约发骚了。

（10）

孟约其实是个脸皮很厚的人，哪像我表里如一。

还记得第一次那什么后，他居然脸红了。

他红着耳根说："我女朋友的脸好红啊。"

我心跳得很快，过几秒才反驳："男朋友，你的脸更红。"

说完，我们对视了几秒，这几秒漫长得好像过完了一生。

当时昏暗的灯光下，酒店的暖气热得烫人，窗帘厚重，窗外不知天黑还是天亮，眼前只有这个男人。

我真的没想到，这样的他后来会这么爱亲人。

（11）

某天，桑柔突然在微信上神神秘秘地找我（某次同学聚会加的）。

【桑柔：你还记得高一时的班长谭修吗？】

【我：记得呀，当时他好像有点矮，学习很好，你还和他在一起过，对吧？】

【桑柔：嗯，现在他长高了，变得超级帅的。】

紧接着，桑柔就发了一张谭班长的照片过来。

我端详了一分钟，终于闻出八卦的味道。

【我：你这是情人眼里出西施吧？】

【桑柔：难道不帅吗？】

【我：有孟约珠玉在前，谭班长这种已经让我发不出感叹了。】

备受打击　无话可说的桑柔：……

晚上视频的时候，我和孟约汇报这事。

孟约刚洗完澡正在用浴巾擦头发，我眯着眼看着他，真是一举一动都像在拍广告。

帅，真帅，有了他，我对别的一般帅哥都免疫了。

他听完后总结："谭修和桑柔在一起了？"

"嗯嗯，是不是超级偶像剧的？高一时的班长，早恋失败，辗转几年后再次相遇，还一见钟情。哇，简直是小说情节。"

我说得兴高采烈，后知后觉地发现他已经擦好头发，正皱眉看着我。

我问："怎么了？"

孟约眉头皱得更深，犹豫了三秒："我和谭修比怎么样？"

我想都没想："当然你帅啊。"

"那我喜欢了你这么多年，怎么没听你夸我'偶像剧'？"

"……"

孟约还没说完，眼眸里居然还多了几分认真。

"许稚。"

"嗯？"

"不要羡慕别人的爱情。"

我心猛地跳了下，对上他的目光，终于找到他藏得很深的小委屈。

"我才不羡慕，我家孟约宇宙第一好。"

（12）

孟约虽然平日里高岭之花的人设深入人心，但他确实十分靠得住，让人有安全感。

我硕士毕业后的第一份工作，就是在一个著名的大企业里，一干就干了两年。

最后半年的时间里，我天天都在考虑辞职的事情。我心里明白，这份工作对于大多数人来说，不仅体面且待遇不错，但对于我来说，却越来越成了不开心的缘由。

钩心斗角明争暗斗的环境，努力没用、多做就是傻的气氛，简直让我压抑到了极点。

那阵子，我几乎每天晚上都在和孟约发脾气。

现在想想，自己真是任性到了极点。孟约明明什么都没做错，我却把自己的坏脾气都发泄给了他。

在递出离职申请的前一天晚上，他和我聊了很久。

孟约攥着我的手："我知道这份工作你看得很重，你对它也很有感情，我更知道你要放弃现在努力而得到的一切非常不容易。但是许稚，我只希望你能做到一件事，就是健康快乐。"

我没出息地眼睛立马红了。

他还在深情地继续说道："你这两年去了多少次医院，我和爸爸妈妈（我爸我妈）真的只希望你能有个好的身体。"

一周前，我拿到体检报告，有项很重要的指标异常。我去网上查了半天，越看越害怕，后来哭着给我妈打了电话。

当时我妈也慌了，又给孟约打了电话。

孟约第二天就押着我去医院复查。

等检查结果的时候，我怕得直哭。

那一刻，他也是像现在这样紧握我的手："不管好坏我们一起面对，你放心，你就算真有什么，我这辈子都给你‘守寡’。”

我本来还很感动，听到“守寡”两个字立马笑了出来。

后来我才知道，他真的做好了陪着我且照顾我爸妈的准备。

这个男人其实有很多缺点，我也真的有许多不足。

我知道我们的日子其实平凡又普通。

但是有他在身边，我真的觉得自己是个被爱被宠坏的小公主。